-안녕하세요. 블로그 보고 글쓰기 강좌 문의했던 블친입니다.

예의가 아닌 줄 알면서 문자를 보냈습니다. 블로그에 '궁금한
건 언제든 문자 혹은 전화 주세요'라고 적혀 있었거든요. 확인하
고 싶었고, 지금이 아니면 확인할 수 없을 것 같았습니다.

-예^^. 반갑습니다. 통화 괜찮으신가요?

-예. 지금은 운동 중이에요. 운동 마치고 전화 드릴게요.

그리고 이어진 전화 통화는 예상과 다르게 짧았습니다. 심리상
담사의 공저 글쓰기 방향은 명확했습니다. 2월에 '내 감정과 친해
지기로 했습니다' 글쓰기를 시작한다는 말에 망설임없이 신청했습
니다. 이른 전화 통화로 불편했던 마음은 동굴에 빛이 들어오듯
이내 밝아졌습니다.

"저도 참여하겠습니다."

다음 날. 또 전화했습니다. 새벽은 아니었습니다.

"그런데 지금은 상담을 안 하고 있어요. 쉬고 있습니다."

"작가님, 심리상담사 일을 안 하고 있어도 괜찮아요. 심리상담
사로서 자신의 감정을 글로 쓰시면 됩니다. 그런 거 있잖아요. '내
가 겪은 일에 심리상담사는 어떤 감정을 느낄까' 하고 사람들이
궁금할 수 있거든요. 그길 쓰시면 돼요. 글로 나눠주시면 누군가
에게는 도움이 될 수 있습니다."

친절했습니다. 현재 일을 하고 있지 않아도 참여할 수 있어서
좋았습니다. 더구나 신변잡기를 적었을 뿐인데 누군가에게 도움

😦😦😐😊😃
우리의 감정이 안녕하기를 바랍니다

'변덕이 죽 끓듯 하다', '감정이 죽 끓듯 하다'. 단어 하나 바꿨을 뿐인데 잘 어울리는 문장이 되었습니다. 신조어, 아니 신조담(신조 속담)이라고 해두죠.

지난 5년간 감정이 화산처럼 들끓다가, 얼음을 끼얹은 듯 차가워지다가, 들쭉날쭉하고 동글 뾰족하기가 이를 데 없었습니다. 어쩌면 감정 문제가 아닌 성격인지도 모르겠습니다.

2025년 1월 2일. 이날도 그랬습니다. 갱년기 증상의 하나인 열 감에 잠을 못 이루고 뒤척였습니다. 새벽 5시에 눈을 떴습니다. 주섬주섬 옷을 입고 핸드폰을 들고 집을 나섰습니다. 미명도 없는 새벽은 칠흑 같은 어둠이 전부였고 불빛이라고는 핸드폰 화면이 전부였습니다.

심리상담사들의 감정 치유 이야기

내 감정과 친해지기로 했습니다

강명경 · 김신미 · 박선영 · 소 유 · 이수현 · 정미정 · 주순영 · 한원건 지음

북랩

내 감정과 친해지기로 했습니다

발행일   2025년 4월 30일

지은이   강명경, 김신미, 박선영, 소유, 이수현, 정미정, 주순영, 한원건
펴낸이   손형국
펴낸곳   (주)북랩
편집인   선일영   **편집**   김현아, 배진용, 김다빈, 김부경
디자인   이현수, 김민하, 임진형, 안유경   **제작**   박기성, 구성우, 이창영, 배상진
마케팅   김회란, 박진관
출판등록 2004. 12. 1(제2012-000051호)
주소   서울특별시 금천구 가산디지털 1로 168, 우림라이온스밸리 B동 B111호, B113~115호
홈페이지 www.book.co.kr
전화번호 (02)2026-5777   **팩스**   (02)3159-9637

ISBN   979-11-7224-606-8 03810 (종이책)   979-11-7224-607-5 05810 (전자책)

(주)북랩 성공출판의 파트너
북랩 홈페이지와 패밀리 사이트에서 다양한 출판 솔루션을 만나 보세요!
홈페이지 book.co.kr   • **블로그** blog.naver.com/essaybook   • **출판문의** text@book.co.kr

작가 연락처 문의 ▸ ask.book.co.kr
작가 연락처는 개인정보이므로 북랩에서 알려드릴 수 없습니다.

내 감정과 친해지기로 했습니다

이 된다면 꽤 괜찮은 일이라고 생각했습니다. 그런데 쓸수록 반성문 같은 글에 언짢은 마음이 생기고 시간이 길어지고 있었습니다. 매일이 괴롭고, 어렵고, 힘들었습니다. 즐겁지 않았습니다. 괜찮을 줄 알았는데 점점 괴로운 일이 되더군요. 초고 마감일, 퇴고 마감일. 기자도 아니고, 전업 작가도 아닌데 '마감일'이라니. 한숨이 나왔습니다. 그래도 약속한 일이니 초고를 제출하고 퇴고일에도 참석했습니다. 온라인(zoom)에서 만나면 부끄러웠습니다. 그럼에도 화면이 꺼지고 난 후 조용한 시간에는 '내가 이만큼 썼구나' 하는 뿌듯함이 찾아왔습니다. 글을 쓰는 시간은 감정을 알아가는 데 충분한 시간이었습니다.

책은 총 5장으로 구성되었습니다.

1장은 '불안하고 두려울 때'입니다. 불안과 두려움은 누구나 경험하는 감정이고 비슷한 증상으로 올 수 있습니다. 우리는 과거의 기억을 더듬고 감정과 대화를 시도했습니다.

2장은 '감정과 대화하다'입니다. 비논리적이고, 비과학적인 감정을 논리적, 과학적으로 해명하려는 것만큼 비효율적인 일도 드물지요. 의자에 마주 앉은 연인처럼 감정을 앞에 두고 감정이 말을 걸어오길 기다렸습니다.

3장은 '흔들리는 감정, 뿌리를 내리다'입니다. 나무도 아닌데 뿌리를 내린다고? 민들레도 아닌데 흔들린다고? 살아있는 것은 작은 바람에도 흔들립니다. 흔들릴 때 뿌리를 내릴 수 있습니다. 우리는 흔들림으로써 더 깊게 뿌리를 내릴 수 있고 생명력을 되찾을 수 있다는 역설을 마주하게 됩니다.

4장은 '평생 동반자 나의 감정'입니다. '나는 안 그럴 줄 알았어'라거나 '어떻게 나에게 이런 일이 생기지?'라는 말을 들어 보셨죠. 제가 저에게 많이 한 말입니다. 감정을 인정하고, 감정을 사랑하게 되면서 '말은 하되 탓은 하지 말자' 다짐합니다. 그럼에도 앞으로 몇 번을 더 하게 될까요?

5장 '당신의 감정은 안녕하십니까'에서는 우리의 변화된 모습을 기록했습니다. 글로 기록하는 과정이 쉽지 않았습니다. 쓰는 과정이 있었기에 기억과 감정이 자연스럽게 재구조화되었습니다. 성공한 듯합니다. 지금은 평안합니다. '안녕(peace)'하기 때문에 '안녕(good-bye)'이라고 인사할 수 있습니다. 어떤 장에서 누구의 글을 읽어도 위로받을 수 있고, 공감할 수 있을 거라고 생각합니다.

2023년 예술의전당에서 진행된 볼로냐 원화 전시회에서 읽은 문장입니다.

"I think Emotion can also come from one dot on the paper or from one line."
'감정은 종이 위의 한 점에서 비롯될 수도 있고, 한 줄에서 비롯될 수도 있다고 생각해요'

점과 선에서 출발한다는 감정은 생명력을 지녔기에 없앨 수 없습니다. 현명하게 알아차리고, 용기 있게 수용할 수밖에요. 내 감정과 친해지니 나에게 다정한 사람이 되었습니다. 봄날의 햇살처럼요.

부족하지만 8명의 작가를 대표해 이렇게 글 한 줄 더할 수 있는 기회를 얻었습니다. 용기 낼 수 있었던 건 함께 해주신 작가님들 덕분입니다. 감사합니다. 그리고 독자분께도 감사 인사를 전합니다. 기도의 힘을 믿습니다. 여러분의 감정도 안녕하시길 기도하겠습니다.

2025년 3월 봄의 길목에서
초보 작가 박선영

차례

2장 감정과 대화를 나누다

3장 흔들리는 감정, 뿌리를 내리다

1장

감정의 바다에 휩싸일 때

몸이 보내는 신호

강명경

'너무 기대하지 마. 언젠가 변할 거야'

갈비뼈 안쪽에 있는 장기가 고무줄로 조이듯이 찌릿합니다. 심장이 갑자기 쿵쾅대고 어깨가 결린 듯 찌릿한 신체반응이 느껴질때, '지금 무슨 감정이지?' 궁금합니다. 무심코 방심할 때 잊고 있던 기억들이 찾아오는 순간 몸이 움츠러듭니다. 최근에 운전을 하다가도 버럭 화를 냈던 장면이 머릿속을 스칩니다. 주리는 "그때말한 거 어떻게 됐어?"라고 평소처럼 물었을 뿐입니다. 일이 잘풀리지 않아 예민했던 저는 "내가 알아서 한다고. 그만 좀 물어봐!" 하고 덜컥 성질이 섞인 짜증을 내버렸습니다. 대수롭지 않게넘길 사소한 말 한마디도, 예민한 날에는 날카롭게 귀에 꽂힙니다. 가볍게 넘어가던 일이 어떤 때는 큰 파도에 휩싸이듯, 마음이 쉽게 동요됩니다. 신경질만 내고 미안하다는 말을 전하지 못한 채 흐지부지 넘어갔어요. 시간이 좀 지나서야 주리가 얼마나 당황했을지 싶어 미안함이 느껴지지만, 이미 사과할 때를 놓쳐 후회됩니다. 그 일이 떠오르자 몸에서 찌릿한 반응이 있는 걸 보니 해결하라는 신호인 것 같습니다.

14년 전 대학원에 다니던 시절, 중요한 발표를 앞두고 고군분투하던 때가 생각납니다. 낮에는 일하느라 시간 내기 어려워서 수업이나 발표 준비는 퇴근 후에나 가능합니다. 틈틈이 준비해도 빠트린 게 생기고, 내용을 고민하다 보면 산으로 가기도 해요. 다시 다듬다 보면 발표일이 코앞으로 다가와 마음이 촉박해집니다. 동료들 앞에서 프로젝트 빔을 켜고 실제 상황처럼 연습합니다. 실전에서 떨지 않고 자연스럽게 하고 싶어 목소리 톤은 적당한지, 말은 빠르지 않은지, 제스처는 경직되거나 어색하지는 않은지, 뒷자리까지 잘 들리는지, 발음은 꼬이지 않는지 등을 신경 쓰며 시연을 반복합니다. 어떻게 하면 좀 더 나을지 피드백도 받아 봅니다. 몇 시간을 연습했는지 모르겠어요.

발표 당일, 제가 첫 번째 순서입니다. 손으로 잡고 있는 종이가 진동처럼 떨립니다. 말도 꼬입니다. 숨을 후 하고 길게 내뱉어 봅니다. '앞에 앉아있는 사람들은 날 물어뜯으려는 호랑이들이 아니야. 긴장하지 말고! 연습한 대로만 잘 해내자' 양손을 꾹꾹 마사

지하듯이 주무릅니다. 물도 한 모금 마십니다. 제가 서 있는 자리의 왼쪽 중앙에는 준비한 PPT 자료가 크게 보입니다. 앞에는 교수님들이 계시고 선후배들도 앉아 있습니다. 이제 불이 꺼집니다. 저와 자료화면만 시선을 받습니다. 본격적으로 발표를 하면서 긴장했던 마음은 말을 하면서 조금씩 진정됩니다. 마무리 인사까지하고 나니 박수 소리와 함께 불이 켜집니다.

이제 제일 중요한 피드백 시간입니다. 질의응답 때 긴장돼서 질문을 잘못 듣고 다른 답을 하거나, 횡설수설할까 봐 걱정되고 불안했어요. 받을 예상질문을 몇 개 뽑아두고 답변을 준비했는데, '대답할 수 있는 걸 질문해야 할 텐데', '발표 내용에 충분히 설명되어서 많이 질문 안 하셨으면 좋겠다'는 생각이 듭니다. 깐깐하다고 소문난 교수님이 마이크를 듭니다. 질문을 듣는 순간 머릿속이 새하얘집니다. "좋은 말씀 감사합니다. 제가 생각하기에는어…. 음… 그러니까 이 부분은…" 얼굴은 일부러 긴장한 티를 내지 않으려고 했지만 숨길 수 없는 목소리는 덜덜 떨립니다. '망했다. 내가 지금 무슨 말을 하는 거야. 이걸 어떻게 수습하지?' 온몸이 조여지는 느낌이었어요. 무슨 말을 했는지 정확히 기억나지 않지만 아마도 반복되는 내용을 뒤죽박죽 내뱉었던 것 같습니다. 그날 밤까지도 낮에 있었던 생각이 떠올라 잠을 못 잡니다. '그것도 하나 제대로 대답도 못하고, 도대체 뭐한 거야.' 준비한 만큼하지 못한 것 같아 찝찝하고 후회스러워 자책했어요. 스스로 준비한 만큼 잘하고 싶었고, 제 자신에게도 해낼 수 있다는 걸 보여주고 싶었는데. 마치 불안과 초조함 속에 휩싸여 갇힌 것 같았습니다.

유난히 저를 평가하는 위치에 있는 사람들 앞에서는 괜히 작아지고 움츠러듭니다. 혹시라도 실수하면 저의 부족함을 들킬 것 같아 조마조마합니다. 능력이 부족하면 외면당할 것 같았거든요. 상대의 말에 상처를 받아도 속으로 '내가 감정받이인가, 갑자기 나한테 왜 저래' 생각만 가득해요. 내색하면 더 불편해질까 봐 참고 넘어가는 편입니다. 모두 솔직하게 드러내지 않는 것이 더 나은 방법이라고 믿었어요. 기뻐도 슬퍼도 무덤덤한 척 행동하기도 했죠. 그렇게 지내다가 갑자기 화가 불쑥 튀어나옵니다.

실은 누구에게도 말하지 못한 저만의 비밀이 있어요. 제 안에는 욱하는 '버럭이'가 있답니다. 특히 누군가가 큰 소리로 화를 내거나 의견 대립이 심할 때, 오해를 받을 때 등장합니다. 그러고 나면 후회로 남는 날이 더 많았습니다. 버럭이가 나오는 감정 스위치가 켜지는 상황이 오지 않게 조심하려다 보니 아슬아슬합니다. 마음속으로는 부글부글 끓고, 심장이 벌렁거리며 얹힌 듯이 답답해요. 크게 숨을 들이쉬고 널뛰는 마음을 들키지 않으려고 합니다.

그렇게 속사정은 들키지 않고 평온한 상태로 잘 지내는 줄 알았습니다. 회사에 친인척 관계로 입사한 무경력자 20대 순호와의 일입니다. 순호는 겉으로는 친절하게 웃지만, 어느 날 제게 와서 다짜고짜 명령하듯 말합니다. "이제부터 기록과 비용처리는 이렇게 해주세요." 아무리 대표와 인척 관계가 있다지만 저보다 한참 늦게 들어온 신입의 행동은 당황스럽고 불쾌했어요. 이곳에서 몇 년간 진행해 온 방식이 있고, 변경할 거면 회의를 하든지 언급이 있어야 하는데, 앞으로 이렇게 하라는 순호의 막무가내식 태도를 보고 순간 화가 올라옵니다. 갑자기 왜 이렇게 바꾸는 건지, 그럴 만한 이유나 근거를 물어도 관공서에 확인해보지도 않고 "그냥 그렇게 해주세요"라는 말만 반복하니 열 받았습니다. 제가 상사로 있던 터라 한마디해도 이상할 게 없는데 그 상황에서도 참습니다. 그때는 그게 나은 건 줄 알았습니다.

표현의 어려움은 관계에서도 마찬가지였습니다. 마음에 들면 먼저 적극적으로 다가가도 괜찮을지 고민합니다. 친해진 사람과 함께하는 것이 좋으면서도 마음 한편에서는 조용히 경고음이 울립니다. '너무 마음 주지 마. 기대하지 말고. 언젠가 변해.' 특히 좋아하는 누군가와 가까워질수록 진짜 나의 부족한 모습을 알면 언젠가는 멀어질까 봐 불안합니다.

'왜 나는 관계를 수동적으로 하는 게 편할까?' 질문과 답이 머

릿속에서 끝없이 오갑니다. 좋은 뜻으로 건넨 말 한마디로 오해
를 받거나 사이가 멀어질까 봐 말을 아낍니다. 나보다 다른 사람
을 챙기는 것 같을 때 서운해도 '소심하게 뭘 그런 걸로 속상해하
고 그래'라고 할까 봐 티 내지 않습니다. 상대가 무심한 반응을 보
이면, 피곤해서 그런 걸 수도 있는데, '내가 잘못한 게 있나?'라며
제게 화살을 돌립니다. 누군가 적극적으로 다가올수록 가까워지
기는 쉬웠지만, 그럴수록 보이지 않는 경계를 더 세웁니다. 마음
한편에서는 잘 지내다가도 그 사람이 언제 나를 실망시킬지, 어느
날 갑자기 떠날지도 모른다는 불안감이 올라옵니다. 좋은 감정을
느끼는 순간에도, 이 감정이 얼마나 지속될지 알 수 없다는 두려
움이 따라와요. 상처받기 싫어서 나도 모르게 긋는 선, 마음이 혼
란스럽습니다. 상대방이 싫지 않으면서도 좋은 감정조차 들키면
안 될 것 같아서 마음 편히 좋아하기 어렵고 조심스러웠어요. 알
수 없는 이유로 상처를 받는 게 두려웠어요. 관계를 최소한으로
하고 에너지를 덜 쓰는 것, 감정을 있는 대로 모두 표현하기보다
조용히 웃으며 넘기는 것에 더 익숙해집니다. 새로운 관계를 만들
어 가는 것도 좋지만, 기존 관계를 잘 유지하는 쪽이 마음이 편합
니다. 언제부터인지 감정을 억누르는 것은 상처를 덜 받는 안전한
길이 되었습니다.

슬픔은 사라지는 것이 아니다

김신미

새벽 3시, 전화벨 소리에 반쯤 감긴 눈을 떴다. 수화기 너머 낯선 목소리가 들려왔다.

"여보세요. 김○○ 씨 댁인가요?"

"네, 맞는데요."

"김○○ 씨가 사망하셨습니다."

아버지가 돌아가셨다는 말을 듣고, 순간 시간이 멈춘 듯했다. 미릿속이 새하얘지고 가슴이 조여왔다. '지금 이 사람이 무슨 말을 하는 거야?' 믿을 수 없었다. 아버지는 경비원으로 일하셨다. 보석가게에 도둑이 들었고, 이를 막으려다 크게 다쳐 결국 세상을 떠나셨다. 당시 아버지 나이는 50세, 난 22세였다.

아버지의 죽음은 한순간에 내 세계를 뒤흔들었다. 주변 사람들은 슬픔에 잠겼지만, 나는 멍한 얼굴로 조문객을 맞았다. 고모가 장례식장 근처 약국에서 청심환을 사 와 손에 쥐여 주며 물었다. "많이 힘들지?" 그저 고개를 끄덕일 뿐 눈물 한 방울 흘리지 못했다. 장례식이 끝난 후, 사망 원인이 적힌 진단서를 손에 쥐고 동사무소에 신고하러 갔다. 그때의 충격과 슬픔은 마음속 깊은 곳에 여전히 남아있다. 남은 가족은 살아야 했기에, 평소와 다름없는 일상으로 돌아갔다. 어머니는 아버지가 돌아가신 후, 더 많은 시간을 공장에서 보내셨다. 집에 돌아오면 지친 모습이었지만, 우리 앞에서는 씩씩한 모습을 보였다. 하지만 가끔 부엌에서 혼자 눈물을 훔치는 모습을 본 적이 있다. 내 눈에만 그렇게 보였던 걸까? 고등학생이던 첫째 동생은 갑자기 말이 없어졌고, 중학생이던 막내는 게임에 더 몰두했다. 각자의 방식으로 슬픔을 감추려 했지만, 오히려 그것이 우리 사이를 멀어지게 만들었다. 그 후, 우리 가족은 십여 년 동안 아버지 이야기를 꺼내지 않았다.

생계유지를 위해 우리에게는 현실적인 문제가 기다리고 있었다. 당시 아버지가 남긴 건 20년 된, 엘리베이터 없는 24평짜리 아파트 계약서였다. 내가 17살 되던 해, 서산 바닷가 시골에서 서울로 올라온 후 단칸방을 전전하다가 6년 만에 마련한 집이었다. 계약금만 지불하였고 나머진 다 대출이었다. 그 당시 내 월급 30만 원이고, 그중 25만 원을 대출금을 갚는 데 써야 했다. 어머니는 생계를 유지하기 위해 계속 공장 일을 했다. 주변 사람들은 나를 보며 대견하다고 말했다. 하지만 그것은 현실을 감당하느라 '괜찮은 척' 마음을 숨긴 결과였다. 사람들에게 마음을 들키지 않기 위해 유리 갑옷을 입은 채 살아갔다. 아버지가 떠났다는 사실을 인정하는 순간 무너질 것만 같았다. 그래서 더욱 단단해지려 바쁘게 움직였다. 시간이 없을 정도로 일에 몰두했고, 쉬는 날에도 무엇이든 해야 했다. 감정을 억누른 채 생활하다 보니 어느 순간부터 몸도 따라 반응하기 시작했다. 이유 없이 피곤하고, 가끔 숨이 답답해지는 느낌이 들었다. 하지만 그때는 몰랐다. 그 모든 것이 억눌린 슬픔 때문이었다. 그리고 그 슬픔은 결국 유리 갑옷을 뚫고 올라오기 시작했다.

아버지의 죽음을 부정하고 감정을 깊이 숨긴 것은 극심한 상실 감으로부터 나를 보호하는 심리적 방어기제였다. '아버진 돌아가신 게 아니야.' 이런 생각이 들었다. 언제든 환하게 웃으며 현관문을 열고 들어올 것 같았다. 가장의 부재는 단순히 경제적 어려움만을 의미하지 않았다. 가정의 크고 작은 결정들에서 그 빈자리는 채울 수 없었다. 첫째 동생의 고등학교 졸업을 앞두고 진로상담에 학부모로 간 일도 있다. 동생의 담임선생님이 "진짜 누나 맞나요?"라고 웃으며 물었을 때, 왜 그리 슬펐는지 모른다. 때로는 단순히 '아버지'라는 존재 자체가 그리웠다. 명절이나 가족행사 때면 큰아버지, 작은아버지가 계시는데 나의 아버지 자리는 늘 비어 있었다. 친구들이 아버지와의 갈등을 이야기할 때도, 나는 그저 조용히 듣기만 했다. 갈등이라도 있을 수 있다는 것이 부러웠다.

아버지가 돌아가신 지 3년이 흐른 어느 날, 출근길이었다. 당산역에서 뚝섬역까지 2호선 지하철을 타고 가며 한강을 바라보는 것이 습관이었다. 그날도 그랬다. 오른손으로 손잡이를 잡고 서서 지평선을 바라보는데 갑자기 눈물이 쏟아졌다. 문득 아버지 모습이 떠올랐다. 입안에서 짭짤한 맛이 느껴졌다. 그제야 흐르는 눈물을 알아차리고 옷소매로 얼굴을 훔쳤다. 하지만 눈물은 멈추지 않았다.

'아! 이젠 정말 아버지가 안 계시는구나!'

"결혼 후 오랫동안 아이가 생기지 않아 간절히 기다리던 끝에 네가 태어났지. 아버지는 무릎에서 너를 내려놓지 않았어." 어머니가 내게 종종 해줬던 말이 떠올랐다. 어린 시절, 아버지는 농사일을 마치고도 피곤한 기색 없이 내 숙제를 봐주셨다. 커다랗고 거친 손으로 연필을 쥐고 "여기 한번 다시 풀어볼까?" 하며 조용히 이끌어 주셨다. 문제를 풀어내면 환하게 웃으며 머리를 쓰다듬어 주셨는데, 그 순간이 떠오르자, 아버지의 따뜻한 손길과 다정한 목소리가 다시 내 곁에 있는 듯했다.

아파트 대출금을 거의 다 갚고, 동생들과 어머니도 안정을 찾아갔다. 그제야 나는 아버지의 부재를 받아들이기 시작했다. 그 순간 아버지의 삶이 애틋하게 느껴졌다. 나는 아버지를 그리워하고 있었다. 아버지가 내 이름을 부르는 목소리가 생생하게 들리는 것 같았다. 따뜻했던 손길이 떠올랐다. 순간 참을 수 없이 가슴이 아팠다. 그동안 눌러 두었던 슬픔이 한꺼번에 터져 나왔다. '왜 지금에서야 눈물이 나는 걸까? 왜 이렇게 가슴이 먹먹할까?' 그제야 깨달았다. 나는 그동안 아버지의 죽음을 인정하지 않으려 했다. 가족을 위해 울지 않으려고 스스로 다그쳤다. 하지만 슬픔은 사라지지 않았다. 다만 내 안에 깊이 숨어 있다가, 감당할 준비가 되었을 때 조용히 모습을 드러냈을 뿐이다.

이 경험은 내 삶의 방향을 바꾸었고, 결국 심리상담사의 길을 걷게 되었다. 상담 일을 하면서 비슷한 경험을 한 사람들을 많이 만났다. 그들과 이야기를 나누면서 슬픔을 건강하게 표현하는 것이 중요하다는 것을 더욱 절감했다.

어느 날, 한 병사가 상담실을 찾아왔다.

"선생님, 요즘 이유 없이 자꾸 눈물이 나요."

그는 군 생활 중 이버지가 갑자기 교통사고로 돌아가셨다고 했다.

"휴가 나가 장례를 치르고 복귀할 때도 괜찮았는데……."

나는 조용히 말했다. "지금까지는 슬퍼할 여유조차 여유가 없었을 거예요. 이제야 그 감정을 마주할 준비가 된 거죠." 병사는 조용히 고개를 끄덕이며 눈물을 흘렸다. 내가 그리워하듯, 그 병사도 이제야 아버지를 떠올리고 있을 것이다. 이처럼 슬픔은 시간이 지나야 비로소 받아들일 수 있다.

슬픔은 우리가 사랑하는 사람이나 소중한 것을 잃었을 때 자연스럽게 느끼는 감정이다. 그렇다면 그 감정을 어떻게 받아들이면 좋을까? 상실을 경험했을 때, 그 의미를 다시 찾거나 우리 곁에서 버팀목이 되어줄 사람이 필요하다. 감정은 숨기려 하다 보면 결국 언젠가는 비집고 올라오기 마련이다. 잔잔한 호수처럼 보이지만, 그 밑에서 서서히 차오르다 결국 범람하는 강물처럼.

나는 이제 안다. 슬픔은 사라지는 것이 아니다. 감당할 수 있을 때까지, 우리 안에 조용히 머물러 있을 뿐이라는 것을. 슬픔도 삶의 일부다. 우리 안에 머물러 있는 슬픔을 인정하고 꺼내볼 때, 우리는 더욱 단단해질 수 있다.

찾아온 병, 만들어진 병

박선영

심리상담센터를 오픈하고 20여 년째 일하고 있는 나에게도 직업병이 찾아왔다. 대부분의 사람이 갖고 있는 직업병, 예를 들면 번아웃(Burn-out)이다. 남의 일인 줄 알았다. 번아웃은 다른 상담사의 건강 이상을 들을 때, 직장인들이 상담실을 찾을 때 상담 주제가 되는 증상이다. 자주 듣고 사례로 접해서 무섭다거나 낯선 느낌은 없었다. 그럴 수 있다고, 자연스럽게 받아들일 줄 알았다. 심리상담사로 지내온 시간이 아까워서라도 태연하게 받아들이려고 했다. '그래야 한다'라는 생각이 강할수록 점점 몸과 마음이 무너졌다. 관절 통증으로 깊은 잠을 이룰 수가 없었다. 의사는 갱년기 증상이라고 했고, 한의사는 맥이 약하다고 했다. 6개월 넘게 치료를 받아도 효과가 없었다. 우울했다. 당연한 결과였다. 힘든 이유를 찾아 해결 방법을 알아야 하는데 회피했다. 견딜 수 없었다. 언제부터였는지 생각하기도 싫었다. 하고 싶은 일이 없었다. 자꾸 눕고 싶었다. 할 수 있는 게 없었다. 몸무게가 늘면서 몸이 더 아팠다. 머리가 무겁고 소화가 안 됐다. 아침에 일어나면 손가락이 퉁퉁 부어 주먹을 쥘 수도 없었다. 악순환이 이어졌다.

'무엇부터 해야 할까'라는 생각보다 '무엇이라도 해야 하는' 상황이었다. 일상이 무기력했다. 변화를 만들어야 했다. 새벽 5시에 일어났다. 아파트 근처 풍영정천을 걸었다. 아파트 부근에서 시작해서 롯데아울렛 부근을 지나 되돌아오면 대략 8000보다. 한 시간이 걸린다. 지금까지 육아와 일, 공부 등 혼자 하는 일은 무엇이든 잘했다. 겁나지 않았다. 그렇게 믿었다. 새벽 운동을 시작하고 하루, 이틀, 사흘. 사흘째 되는 날이 고비였다. 눈은 떴지만 움직일 수 없었다. 게으름이라고 하기엔 정신이 맑았다.

'하루만 더 해보자. 이걸 못하면 앞으로 아무것도 못 할지 몰라.'

출근은 8시다. 운동시간은 1시간, 운동을 마치고 집에 7시에는 들어와야 했다. 6시 20분이 지나고 있었다.

'옷 입고 나가면 6시 30분인데, 나갈까 말까……'

망설이고 있는 내가 싫었다. 완벽해야 한다는 강박이 운동을 방해했다. 6시 40분. 고민하는 사이 10분이 순식간에 지나갔다. 이불을 뒤집어썼다. 다시 누워 있는데 막내가 방문을 두드렸다.

"엄마. 오늘 운동 안 가? 작심삼일이라는데 엄마도 그런 거야?"

막내의 말에 어기적거리며 일어났다. 잠옷 위에 검정색 롱패딩을 걸치고 신발을 신었다. 밖으로 나갔다. 어제 내리기 시작한 눈이 새벽까지 내리고 있었다. 눈 위로 사람들의 발자국이 어지럽게 찍혀 있었다.

'나는 똑바로 잘 걸어야지.'

다른 사람들의 발자국을 피해 보폭을 유지하면서 걸었다. 눈길을 지나온 내 발자국이 보고 싶었다. 한참을 걷다가 뒤돌아 확인했다. 생각과 다르게, 계획과 다르게 삐뚤빼뚤한 내 발자국. 짧았다, 길었다가 보폭도 달랐다.

'계획대로 되는 게 하나도 없네. 하다못해 내가 만든 발자국까지도 내 맘대로 안되는구나.'

울컥했다. 눈물이 쏟아졌다. 하찮고 쓸모없는 사람처럼 느껴졌다.

고등학교인 A는 엄마와 함께 상담실에 왔다. 작은 키에 미남형인 얼굴이었다. 눈빛은 날카롭고 불만이 가득했다. 상담실을 오는 학생 대부분이 풍기는 분위기였다.

"저는 바라는 거 없구요. 이 녀석이 교도소만 안 가면 됩니다. 상담 기간은 상관없어요. 규칙적으로 선생님 만나서 이야기 나누면 좋겠어요. 머릿속에 든 똥 같은 생각만 없어지면 됩니다."

보호자의 목소리는 단호했다. 아들만 한 키에 마른 체구의 엄마는 분명한 발음으로 또박또박 말했다. 아들을 바라보는 시선에는 다정함이라고는 조금도 느낄 수 없었다. 이에 질세라 아들 또한 반박하듯 단호하게 말했다.

"교도소 아니고 소년원요. 그런데 소년원 안 가요. 엄마 걱정하지 마세요. 저 이제 안 싸우고 학교도 잘 다닐게요."

이렇게 시작된 A와의 상담은 일정 취소 없이, 상담시간 지연한 번 없이 매주 같은 시간에 진행했다. 그럼에도 상담이 진행될수록 이상한 생각이 들었다. 그림도, 상담내용도 오리무중에 빠지기 일쑤였다. 알 수 없는 그림을 그리고, 그림 설명도 A가 스스로 했지만 내용을 이해하는 데 한계가 있었다.

친절한 설명을 부탁도 해봤고, 교육 분석을 받아도 그때뿐, 다음 회기로 연결되는 게 어려웠다. 점점 미궁으로 빠지는 기분이었다. 이번 케이스는 다른 상담사에게 보내는 게 좋겠다는 생각을 했지만 '조금만 더', '한 번만 더' 하면서 상담을 억지로 진행하고 있었다. 상담에 대한 보호자의 기대와 다른 곳을 방문해서 또 이런 상황을 오픈하고 싶지 않은 마음을 알고 있기에 상담사의 윤리를 잘 따르지 못했다. A가 상담실을 규칙적으로 방문하는 것도 상담효과라고 생각하는 엄마의 기대를 저버릴 수 없는 게 상담을 지속한 변명이었다. 상담이 지속될수록 과도한 책임감이 생겼다. 지나친 책임감은 나를 병들게 했다.

후회했다. 후회하면서 걸었고, 걸으면서 울었다. 집에 들어온 시간은 9시가 지나고 있었다. 식사 준비도 못하고 출근을 서둘렀다. 아이들은 라면과 치킨으로 식사를 대신하는 하루였다. 그럼에도 그동안 먹고 싶었던 음식을 먹는 신나는 하루였다며 즐거워했다. 좋은 엄마를 포기해도 아이들에게는 아무 일도 일어나지 않았다. 오히려 그 자리에 내가 있었다. 지나친 책임감으로 짓눌렀던 마음은 새벽운동을 불사하게 했고 걷는 동안 생각은 정리되고 내가 직면해야 하는 일을 정리할 수 있었다. 일의 우선 순위를 정하고 생각을 정리했다. 실패 요인이 명확해졌다. 인정하는 것도 점점 쉬워지고 인정해야 할 일이 점점 줄고 있다. 그렇게 생각이 정리되자 A를 전원(Refer)해야겠다는 결정을 내릴 수 있었다. 그리고 A 상담이 끝나면 상담을 잠시 쉬어야겠다는 생각도 하게 되었다. 책임감을 내려놓으니 오히려 A와의 진솔한 이야기를 나누게 되고, 상담 효과도 나타나기 시작했다.

막내의 말 한마디와 설명할 수 없는 어떤 의지로 작심삼일을 극복하고 시작한 운동은 지금도 계속하고 있다. 그렇다고 태릉 선수촌 선수처럼 운동하는 것은 아니다. 관절에 무리가 가지 않을 정도로 걷는다. 빼먹기도 하고, 안 하기도 하고, 핑계를 대면서 온몸으로 운동을 거부할 때도 있지만, 밥 먹고 커피 마시듯 운동을 일상에 끼워 넣었다. 완벽하지 않아도 나에게 꼭 필요한 일을 찾은 행운이 내게도 생겼다.

회색 무지개

소유

"문 열어! 빨리 문 열라고!"

쾅! 쾅! 쾅! 시계를 보니 밤 12시. 현관문 두드리는 소리가 더 거칠고 빨라진다.

나에게는 남동생이 하나 있다. 동생은 내가 네 살 때 태어났다. 잠시 4세 유아의 특징을 알아보자. 발달 심리학자 에릭슨의 이론은 이렇다. 새로운 것을 시도하고 탐색하며, 주도적인 행동을 통해 목표를 설정하고 성취하려 한다. 보호자의 과도한 통제가 아동의 죄책감을 유발한다. 나라는 존재를 조금씩 인식하는 능력이 생긴다. 다른 사람이 자신을 어떻게 생각하는지에 대해 의식하기 시작한다. 내면생활이 점점 풍성해진다. 마음속 갈등이나 불안이 생겨나고, 그것을 표출하기 시작할 때라고 한다. 작고 귀여운 동생이 하는 일은, 하루 종일 먹고, 자고, 싸고, 큰 소리로 울어대는 거다. 부모님은 동생을 돌보느라 정신이 없다. 내가 누리던 사 년 동안의 행복이 끝나가고 있다. 부모님의 관심을 돌리고 싶어서, 예전처럼 노래도 하고, 춤도 췄다. 그런데 엄마는 눈을 부릅뜨고, 입으로는 바람 소리를 내면서 검지를 입술에 댄다.

처음 보는 엄마의 무서운 표정이다. '노래하고 춤추고, 큰 소리로 말하면 엄마가 무섭게 변하는구나. 혼자 그림책이나 봐야겠다.' 혼자 노는 모습을 본 엄마는 환하게 웃으며 머리를 만져준다.

"우리 딸 기특하네. 누나가 되니까 혼자서도 잘 있네."

기쁘다. 엄마가 웃는다. 얌전히 있으면 칭찬받을 수 있다는 희망이 생겼다.

기저귀 좀 가져다 달라는 엄마 심부름을 한다. 기대한 대로 착한 딸이 있어서 든든하다는 칭찬을 듣는다. 정말 내가 다 컸다는 생각이 든다. 어느 날, 동생을 안아주려다가 놓치고 말았다. 바닥으로 '쿵' 떨어진 동생이 팔다리를 버둥거리며 운다. '응애! 응애!' 엄마가 거의 날아오는 모습을 보고, 엄청난 큰일이 벌어질 것 같다는 공포심이 몰려온다. 엄마는 포효하는 호랑이처럼 고함을 친다.

"혼나고 싶지 않으면 동생 건드리지 마!"

어린 양처럼 잔뜩 졸아든 나는, 숨조차 쉴 수가 없다. '꿈이면 좋겠어.'

"문 열라는데 뭐 하고 있어!"

버럭 하는 엄마 목소리에 가슴이 펄떡펄떡 뛴다. 손은 부들부들 떨리고, 다리는 감각이 없다. 문을 부수고 들어올 것 같아 불안하다. '문이 부서지기 전에 열어야겠어!' '드르륵' 문이 열리자, 달려들어 급소를 물고 흔들어 버릴 것 같은 호랑이 표정. 어리고 순진한 꼬맹이를 얼음으로 만들던 어른. 딱 그 모습이 보인다. '무서워 죽겠어.' 한껏 졸아든 나를 누가 보기라도 할까 봐 너무 부끄럽다. 침을 꿀꺽 삼킨다. 기도가 막힌 듯 목소리가 겨우 나온다.

"새벽 12시에 찾아와서 뭐 하는 거야! 사람들 다 잘 시간인데!"

엄마는 다짜고짜 순이에게 당장 사과하라고 소리친다. 순이는 엄마와 같은 아파트에 살고 있는 내 친구다. 며칠 전 순이하고 사소한 일로 다퉜었다. 둘이 대화로 풀면 되는 일인데, 서로 자존심 대결 중이다. 순이가 엄마에게 하소연한 모양이다. 뭐라고 말했길래 엄마가 새벽에 찾아오신 걸까?

"내가 알아서 할 거니까 신경 쓰지 말고 집에 가라고!"

온 힘을 다해 엄마를 문밖으로 밀어낸다. 혹시라도 현관문이 열릴까 봐 잠길 때까지 세게 당긴다. 소파에 털썩 주저앉아 긴 한숨을 쉰다. 등줄기에 땀이 흐른다. 내가 아팠을 때도 새벽에 달려오지 않던 엄마다. '왜 엄마가 순이 편을 드는 거지? 나는 엄마 딸인데 어떻게 이럴 수 있지? 순이가 이 상황을 알게 된다면 얼마나 비웃을까? 난 이제 어떻게 살아야 하지?' 부정적인 생각에 갇혀

머리가 깨질 것 같다. 사방이 빙글빙글 돈다. 거실 바닥으로 쓰러진다. 화장실로 엉금엉금 기어간다. 간신히 변기를 잡고 토해낸다. 공포스러움에 눌려버린 자존감, 수치심, 억울함과 분함이 쏟아져 나온다. 이제야 긴장이 풀렸나? 슬픈 영화의 주인공처럼 오열하기 시작한다.

며칠이 지났다. 나는 평소처럼 바쁜 하루하루를 보내고 있다. 격한 감정이 식어 갈 즈음, 엄마에게서 온 문자다. '너 좋아하는 갈비찜 해서 식탁에 올려놨어. 퇴근하고 먹어.' 그렇게, 언제나처럼 다시 엄마를 받아 준다. 나중에 엄마는 오해했다며 사과하셨지만, 그날 새벽의 공포와 분노는 문신처럼 몸에 새겨져 있다.

'너무 차가워서 감정이 없는 사람 같아. 네 속을 모르겠어. 왜 너만의 색깔이 없어?'라는 말을 자주 듣는다. 특히, 색이 없냐는 말을 들으면 마음이 조급해진다. 나도 빨리 개성 있는 색을 갖고 싶다. '무슨 색을 좋아했더라? 어떤 모습일 때가 나다웠더라?' 아무리 생각해 봐도 도통 모르겠다. '분홍색인가? 하늘색도 좋은데. 보라색? 이쁘지. 상큼한 연두색, 환한 노란색, 오렌지색은 발랄해. 밤색, 겨자색은 예쁘진 않은데 고급스러워. 도대체 줏대가 없는 건가? 다 좋대.'

최근에 친해진 동갑내기 친구 두 명과 식사 모임 중이다. 메뉴를 정하기 위해 대화한다. 희선이는 오랜만에 달달한 중식이 땡긴다고 한다. '그래? 중식은 기름기가 많아서 속이 부글거리는데, 가끔 먹으면 맛있지. 좋아 오늘은 중식 가자!' 그때, 주영이가 다이어트 중이라며 담백한 일식을 먹자고 한다. '맞아. 중식은 맛은 있지만, 칼로리는 악마야. 일식은 담백하긴 해. 날생선은 비려서 별로긴 한데, 조금씩 먹으면 괜찮아. 일식 가자!' 난 솔직히 샤브샤브나 갈비찜, 생선조림이 잠시 떠올랐다가 사라졌다. 친구들은 좋은 자리를 내게 부탁하고 화장실에 갔다. 자리를 잡아야 하는데 혼란스럽다. 여기는 문 앞이라 시끄럽고, 저쪽은 햇빛이 들고, 화장실 앞이고, 아무리 봐도 친구들이 좋아할 만한 자리가 보이지 않는다. '여기면 괜찮겠지?' 하고 안쪽에 앉았다. 희선이가 오더니 해가 따뜻하게 비추는 자리에 앉고 싶단다. 나는 잡티가 생길까봐 걱정은 됐지만, 따뜻한 햇살이 싫지는 않다.

　나는 왜 딱 부러지게 '뭐가 먹고 싶다', '어디에 앉고 싶다'라고 말을 못 하는 걸까? 상대가 원하면, 마음에 들지 않더라도 끼워 맞추고, 남들이 하면 하고 안 하면 안 하고, 내가 없는 삶을 살고 있다. 저능아인가? 바보 멍청이인가? 덜떨어졌나? 나는 친구들의 수하인가? 하루에 몇 번씩 드는 생각들. 이대로 살면 나는 회색 무지개일 뿐이다. 찾고 싶다. 갖고 싶다. 나만의 색.

감정이 내는 목소리

이수현

감정은 나와 친밀한 듯 먼 사이로 지내왔다. 혼자 있을 때면 마음 한구석에 자리한 감정을 꺼내 곱씹곤 했지만, 밖에 나가면 사람들에게 드러내거나 표현하지 않았다. 돌이켜 보면 감정을 표현한다는 것은 어린 시절부터 나에게 어려운 일이었다.

감정은 받아들여지고 이해되는 것이 중요하다. '그렇게 느낄 수 있겠다'고 있는 그대로 인정받을 때 해소되기 때문이다. 나에게는 감정을 있는 그대로 드러내기가 두렵고, 눈치 보이는 순간들이 많았다.

어린 시절, 화를 잘 내는 아버지와 친척들을 보면서 자랐다. 기분을 상하게 하는 것이 두렵게 느껴졌고, 내 말을 편하게 하기 어려웠다. 다른 사람들과의 관계에서도 마찬가지였다. 화내거나 싫다고 말하면 상대방이 어떻게 생각할지 신경이 쓰였다. 나를 나쁘게 보지는 않을까 걱정이 되었다. 기쁘고 행복할 때조차 그 마음을 축소했다. 상대방이 그 말을 듣고 덜 행복하다고 느낄 수도 있다고 생각했다. 다른 사람의 마음을 생각하느라 나의 감정에는 솔직하지 못했다.

내 감정을 드러내는 것이 어려워서 나는 당연히 해야 하는 말도 잘하지 못했다. 학창 시절에는 물건을 빌려 간 친구에게 돌려달라는 말을 하지 못한 적도 있었다. 돌려달라고 요구하면 내가 불편함을 느끼고 있다는 걸 드러내는 것 같았다. 지금이라면 망설이지 않겠지만 어린 시절의 나는 부정적인 감정을 드러내면 외면받을 것이라는 두려움이 컸다.

나는 감각에 꽤 민감한 편이다. 대중교통을 타거나 사람이 많은 장소에 가면 시끄럽거나 툭 치고 지나가는 사람들이 종종 있다. 고등학생 때, 한 번은 극장에 영화를 보러 갔는데 뒷자리에서 발로 차고, 시끄러운 관객이 있었다. 영화에 도저히 집중할 수 없었는데, 끝까지 말을 하지 못했다. 화나고 짜증이 나면서도 감정을 입 밖으로 꺼내는 것이 너무 낯설고 두려운 일이었기 때문이다.

표현하지 못하니 감정은 쌓여만 갔다. 해소할 길이 없던 내가 할 수 있는 것은 감정이 타당한지 의심하는 것이었다. 화가 나면 '이게 화날 만한 일인가?'라고 스스로 여러 번 질문했다. 화나는 나 자신이 예민하다며 타박하기도 했다.

화는 사라지지 않고 점점 커져만 갔다. 갈 곳이 없던 화는 결국 나 자신에게로 향했다. 화가 밖으로 향하지 못하고 안으로 향하면 우울이 된다. 표현은 못 하고, 애꿎은 나 자신만 혼내면서 삶은 점점 괴로워졌다. 나는 종종 이유를 알 수 없는 슬픔을 느꼈다. 감정을 숨기면서 나답게 살지 못하는 고통이 찾아온 것이다. 그렇게 학창시절과 대학 시절을 보냈다.

어린 시절부터 슬픈 드라마나 노래에 끌리고, 혼자 펑펑 울고 싶은 시간이 많았다. 특별한 일이 없어도 슬픔이 내 마음에 훅 들어와 눈물이 나기도 했고, 온몸으로 느끼고 울고 나면 묘하게 시원함과 편안함이 찾아왔다. 내 안에 숨기고, 나오지 말라고 가둬둔 감정들은 그렇게 슬픔으로, 눈물로 나타나 자신들의 존재감을 알렸다.

억누른 감정은 몸의 통증으로도 나타났다. 나는 속이 쓰리거나 머리가 자주 아팠는데 병원에 가면 스트레스가 원인이라는 말을 자주 들었다. 감정 억압이 극에 달하던 사춘기 시절에는 위염을 앓으며 살이 몇 킬로그램씩 빠질 정도로 아프기도 했다. 마음이 괴로우면 몸이 아플 수도 있다는 것을 그때 알게 되었다.

어른이 되어서도 신체 증상은 여전했다. 외출할 때면 약을 챙기는 것이 습관이 되었다. 그럴 때면 '나는 왜 이렇게 예민할까'라며 나 자신을 타박했다. 나라는 사람으로 사는 것이 지겹다는 생각도 들었다. 감정을 억누르는 것만으로도 힘든데, 비난의 화살까지 맞다니. 아픈 곳을 더 아프게 하는 줄도 모르고 스스로 괴롭혔다.

쌓인 감정이 폭발하는 날도 있었다. 부모님에게 사소한 것으로 크게 소리를 지르기도 하고, 남자친구에게 씩씩대며 화를 내기도 했다. 쌓인 감정은 사라지지 않고, 어느 날 갑자기 격한 반응으로 나타났다. 공격적인 말과 행동으로 주변 사람들에게 상처를 주고 나면 어김없이 자책의 시간이 찾아왔다.

나는 다른 사람의 감정은 살피며 때로는 배려하고, 때로는 맞춰주었다. 하지만 정작 나 자신의 마음은 외면함으로써 외로움을 느꼈다. 감정을 억누르면 타인에게는 받아들여져도 나 자신으로부터는 소외된다는 사실은 알지 못했다. 또, 나 자신에게 미움받게 된다는 것은 생각하지 못했다.

마음을 드러냈을 때 누군가 귀 기울여주지 않거나 공감해주지 않을 때가 있다. 그러면 표현하는 것이 안전하지 못하다고 느끼게 된다. 예전에 그렇게 느낀 때가 떠올랐다. 초등학교 3학년 때, 친구와 다투다가 너무 속상해 울음을 터뜨린 적이 있었다. 그때 같은 반 친구였던 D가 '울면 지는 거야'라고 외쳤다. 친구 H도 내가 속상하다는 걸 알아주기보다 '강해야 한다'고 말했다. 어른들에게도 들었던 말이었다. 그 후로 슬픔과 속상함을 드러내는 것이 망설여지고, 눈물로 이어질까 꾹 참아야 하는 일이 되었다.

속상하면 눈물이 나는 건 자연스러운 일이다. 그럼에도 나는 눈물이 날 때면 '너는 왜 이렇게 마음이 약하니?'라며 스스로 타박하곤 했다. 과거에 타인에게 들었던 말, 받았던 행동을 나 자신이 반복하고 있던 것이다. 그런 사실은 오랜 시간이 지나서야 깨닫게 되었다.

느끼는 것을 억누르고, 숨기고, 부정하며 오랜 시간을 살았다. 그렇지만 감정은 아무리 억눌러도 사라지지 않고, 마음속 어딘가에 남아 나올 때를 기다렸다. 감정은 내가 나답게 살지 못하는 슬픔을 지나치지 못했다. 끊임없이 목소리를 내며 내가 귀 기울이기를 소망했다. 이유 없이 느껴지는 슬픔으로, 몸의 통증으로, 격한 반응으로.

한때는 감정이 나를 괴롭히고, 고통스럽게 만든다고 생각했다. 그러나 감정은 누구보다 내가 행복하기를 바랐다. 지금 나에게 무엇이 중요하고 필요한지 알려주기를 원했다. 화는 내가 존중받기를 원한다는 뜻을 담고 있었고, 그럴 때 행복하게 살아갈 수 있음을 말하고 있었다.

감정을 느끼고 표현한다는 것은 내가 나답게 살아간다는 뜻이다. 그런 면에서 감정은 내가 나다움을 잃지 않기를 바라고, 누구보다 나를 생각하는 나의 편이었다.

억눌린 감정을 마주하다

정미정

'복학생과의 싸움'

1998년, 스산한 가을, 캠퍼스는 조용하지만 차갑고 텅 빈 느낌이었습니다. IMF 외환위기로 마음 졸이며 휴학했다가 다시 복학했던 터라 더욱 정 붙이기 어려웠지요.

게다가 미래에 대한 심리적 압박감과 낯선 사람들 틈에 혼자덩그러니 놓인 것 같아 불안한 날들이었습니다. 진로 고민과 작업공간에서의 불편하고 불안한 감정들은 큰 부담감이 되었으나, 겉으로는 괜찮은 척, 아무렇지 않은 척하며 미술 작업에만 매달렸던 날들이었습니다.

남자 복학생은 5명이나 되더군요. 환경적으로 복학 선배들이랑좁아터진 작업실을 같이 써야 하는 상황이었습니다. 내 영역은 2미터 남짓한 좁은 작업공간으로 정말 답답했습니다. 키보다 훨씬 큰 이젤과 캔버스들이 빽빽하게 들어차 칸막이 역할을 했지만 때때로 숨 막히는 순간도 있었습니다. 캔버스 사이사이를 지나다니는 게 정말 조심스럽고 불편했었습니다.

사건은 터지고 말았습니다. '김현철', 흔한 이름이라 아직도 선명하게 기억이 나네요.

투박스럽게 생긴 사각 얼굴, 180cm 정도였을까? 멀대같이 큰 키, 작은 눈에 안경을 쓴 복학생 김현철. 강의가 끝나고 개인 작업을 하는 시간이었던 것 같아요. 눈을 부라리고 욕을 냅다 퍼부으며 작업실로 들어왔습니다.

"야!"

날카로운 고함 소리에 놀라 누구한테 저러나 하고 캔버스 옆으로 고개를 내밀어 보았지요.

그와 시선이 마주친 순간.

"너! 이 새끼, 네가 내 캔버스 넘어뜨렸냐?"

다짜고짜 삿대질까지 해대면서 복도로 따라 나오라는 거예요.

너무나 놀라서 두 눈이 커지고 손에 쥔 붓을 내려놓았습니다.

"씨발, 저거… 저거, 어… 망가진 거, 어? 내 캔버스 넘어진 거 보이냐고! 어떻게 물어낼 거야, 어?"

복학생 선배는 으르렁거리며 제 앞에 서 있었습니다.

순간 머릿속은 하얀 캔버스처럼 아무것도 없는 듯했지요. 심장 소리는 귀 옆에서 방망이질했고 마치 영화 속 슬로비디오 한 장면처럼 느껴지고 아득하기까지 했습니다.

무슨 상황인지 영문도 알 수 없는 채, 범인으로 몰아붙이는 태도에, 놀람과 당황스러움, 억울함과 분노가 쓰나미처럼 한꺼번에 밀려왔어요.

범인이 누구인지도 모르는 상황에서 억울하게 당하고 있을 수 없다는 생각에 "와… 씨이, 진짜 웃기시네"라고 대들며 소리를 질렀지요. 내 평생에 이렇게 소리를 크게 지른적이 없었던 것 같아요.

"아니, 잠깐만요. 내가 했다는 증거 있어요?"

목소리가 마구 떨리는 게 느껴졌지만, 더 큰 고함으로 소리치고 얼굴을 쳐올렸지요.

"앞뒤 사정 물어보지도 않고 다짜고짜 불러내서 사람한테 욕부터 퍼붓고 말이야. 진짜 어이가 없네."

순간, 울컥하고 뜨거운 눈물이 핑 돌았지만 여기서 울면 진 거 같아서 억지로 참았지요.

이때의 분노와 억울함을 말로 다 할 수가 없었던 거 같습니다.

"뭐? 증거? 이 새끼가 눈 똑바로 뜨고 거짓말을! 너 말고 누가 그랬겠어! 딱 보니까 너구만!"

막무가내로 몰아붙이는 그 인간 때문에 결국, 둑이 터진 댐처럼 울음이 터져 버렸고 될 대로 되라는 식의 충동과 격분한 감정들로 휩싸여 발버둥을 쳤습니다. 정신없이 악을 쓰며 육두문자와 거친 인신공격까지 튀어나왔습니다. 게다가 신고 있던 슬리퍼까지 선배에게 벗어던졌지요.

원래 싸움 구경과 불구경은 재미나다지요. 복도를 지나가던 동기들이 처음에는 무슨 일인가 하고 구경하다가 시간이 지나면서 안 되겠다 싶었는지 어정쩡하게 말리는 시늉을 하더군요. 그렇게 끔찍했던 상황은 일단락되었습니다.

울음으로 빨개지고 통통 부은 눈으로 지하철을 타고 집으로 돌아오는 길은 부끄러운 감정도 느끼지 못했습니다. 오히려 분통이 터질 듯한 상태로 집에 도착했지요. 그날 이불을 뒤집어쓰고 엉엉 울며 소리 지르던 기억이 아직도 선명하네요.

지금 돌이켜 보면 그때처럼 남에게 욕을 들으면서 억울하고 분노한 사건은 그닥 없었던 것 같아요. 결국 캔버스를 넘어뜨린 범인은 찾지 못했고 물론 제가 범인이라는 증거도 없었지요. 그렇게 시간이 경과되면서 다른 감정들이 찾아오더군요.

'왜 나는… 불합리한 상황에서 조금 더 차분하고 냉정하게 대처하지 못할까?'

'조금 더 어른답게 해결하지 못했을까?' 하는 자책과 후회로 괴로워했지요.

다음 수업 시간, 예상했던 대로 교수님의 호출, 자각되는 분노 시간이 지날수록 수치심과 부끄러움, 죄책감도 따라오는 것 같았습니다.

사건 이후, 남은 학기 동안 '선배'와 서로 마주치지 않으려 애썼지요. 복도에서 마주치면 무시하며 지냈던 것 같아요. 화해를 시도해 볼까 하는 생각이 몇 번 들기도 했지만, 선배 역시 전혀 화해의 의지가 없는 것 같아 보였지요. 내가 먼저 사과하기에는 여전히 억울함이 남아 있었으니까요. 어쩌면 둘 다 침묵과 회피, 무시라는 차가운 벽을 사이에 두고, 마지막 학기를 어색하게 마무리할 수밖에 없었습니다.

먼저 용기를 내어 진심 어린 대화를 시도했으면 하는 아쉬움도 들지만 20대의 미성숙한 선배도 저도 어쩔 수 없었던 것 같아요.

사람이 살면서 억울한 상황에 놓여 분노, 수치심에 휩싸이는 순간들은 예고 없이 찾아오곤 하는 것 같아요. 벌써 30년도 훌쩍 지나간 오래된 기억이지만, 희한하게도 여전히 끔찍했던 사건을 떠올리면, 해결되지 못한 묵은 감정들이 마음속 깊은 곳에 짙게 드리워져 있는 것 같습니다. 특히, 이해와 존중은 눈곱만큼도 찾아볼 수 없었던 그 상황 속에서 받았던 깊은 상처는, 웬만해선 쉽게 아물지 않는 듯하네요. 힘겹고 버거운 감정들을, 온전히 깔끔하게 해결하며 살아간다는 건, 정말이지, 결코 쉽지 않다는 것을 새삼 깨닫게 됩니다. 어쩌면 사건으로 터져 나왔던 격렬한 감정들은 암울했던 사회적 분위기 속의 미래에 대한 불안, 진로에 대한 답답함, 작업공간에서의 불만과 불편함이 반영되었을지도 모를 일이지요. 불합리한 상황에 제대로 대처하지 못했다는 깊은 자책감은 타인에게 온전한 이해와 진심 어린 존중을 받고 싶었지만, 현실은 정반대였으니 말입니다.

이해와 존중의 결핍에 대한 갈망은 갈등 상황에서는 더 심각해집니다. 동료와 의견이 다를 때도 그냥 내 생각을 접어버리고 상대방의 의견을 따르는 경우가 또 떠오르네요. 안에서 불편함이 느껴질 때마다 '이번에도 또 그렇게 폭발할 거야?'라는 내면의 경고음이 울리면서, 스스로를 검열하게 되는 거죠.

쏩쓸하게도, 과거의 쓰라린 경험은 시간이 한참 흐른 지금까지도 끊임없이 현재의 감정과 행동에 나쁜 영향을 미치는 경우가 허다합니다. 마음속 깊이 억눌린 채 해결되지 못한 묵은 감정은, 자신의 성장을 가로막는 보이지 않는 견고한 걸림돌처럼 작용하고 있다는 쏩쓸한 사실입니다.

"시간이 약"이라는 말은 때로 공허하게 들립니다. 시간이라는 강물은 쉼 없이 흘러가지만, 가슴 한편에 새겨진 감정의 흔적들은 좀처럼 그 물결에 씻겨나가지 않습니다. 불현듯 일상의 구석구석에서 불쑥 고개를 내밀며, 그림자처럼 나를 따라다니는 그 기억들.

하지만 시간은 비록 상처를 완전히 지우지는 못했어도, 그것을 바라보는 우리의 시선을 조금씩 달라지게 만들어주었습니다. 한때는 견디기 힘들었던 그 순간들이, 이제는 나를 성장시킨 소중한 경험으로 자리 잡아가고 있음을 느낍니다.

때로는 이불을 걷어차며 뒤척이던 밤들도, 지금은 나를 더 단단하게 만든 시간이었다고 생각합니다. 완벽한 치유란 없을지 모르지만, 그 아픔을 마주하고 받아들이는 동안 조금씩 더 나은 모습으로 성장해 갈 수 있겠지요. 과거의 상처 속에서 작은 빛을 발견하게 되는 경험들을 소중히 간직합니다. 나를 향한 작은 용기가 될 수도 있으니 말입니다.

억눌린 감정의 문을 열다

주순영

사람들은 자신의 억눌린 감정과 마주할 여유가 없다. 상담하다 보면 내담자의 얼굴에 눈물이 흐르는 것을 볼 때가 있다. 사람마다 눈물의 의미는 다르다. 눈물은 마음 깊은 곳에 고여 있는 여러 가지 감정이다. '그들은 오랫동안 자신의 감정을 외면하며 살아온 것은 아니었을까?' 모른 척했던 감정은 어느 순간 그 무게를 견디지 못하고 눈물이 되어 흐른다. 그렇게 무관심했던 감정과 마주하는 날, 눌렸던 감정은 범람한 강물처럼 흘러내린다. 눈물은 정화하는 능력이 있다. 마음에 고인 눈물을 퍼내고 나면 한결 가볍다.

2011년경, 상담심리치료학 석사과정을 마치고 J교수님께 개인 상담을 받기로 했다. 일주일에 한 번씩 상담하기로 했다. 세 번째 상담하는 날이었다. J교수는 나의 어린 시절 강렬했던 정서의 초점을 맞추어 상담에 들어갔다. 대여섯 살 때쯤 경험인 듯하다. 공포감에 몸이 떨리기 시작했다. 떨리는 몸은 범람하는 눈물을 훔치며 어깨를 들썩였다. 깊이 묻혀있던 억눌린 감정을 몸이 기억하는 순간이다.

부모님은 성격이 정반대였다. 아버지는 조용하고 인자하셨고 어머니는 자기주장이 강하고 화를 자주 내셨다. 이런 부모님이 과격하게 싸울 때면 집안 분위기는 살얼음판이다. 때때로 쿵쾅거리는 소리가 들렸고 놀라서 뛰어나온 오빠는 두 분을 뜯어말리곤 했다. 어린 나는 방구석에 몸을 웅크리고 숨죽여 울었다. 대체로 가정의 분위기는 암울했다.

어렴풋이 생각난다. 어느 봄날, 농사철이었고 큰 도랑에는 물이 가득 차 출렁거렸다. 부모님은 일하다가 갑자기 큰 소리로 싸우기 시작했다. 나는 무서워서 엉엉 소리 내어 울었다. 두렵고 무서웠다. 아버지는 어머니를 향한 분노를 참기 어려웠는지 옆에서 울던 나를 들어 물이 가득 찬 도랑으로 던져버렸다. 물에 빠져 허우적거리는 나를 할머니가 다급하게 머리채를 잡아 끌어냈다. 갑작스러운 상황에 무서움과 불안감에 떨었다. 상담을 통해 몸이 기억하고 있던 그때의 공포와 불안이 수면 위로 올라왔다.

J교수는 어린아이처럼 숨죽여 울고 있는 나를 꼭 안아주셨다. 그제야 나는 엉엉 소리 내어 목 놓아 울었다. J교수는 어린아이에게 말하듯 나를 안고 등을 토닥이며 말했다.

"괜찮아. 괜찮아. 이제는 괜찮아."

긴 시간 울음을 통해 지금까지 눌러왔던 감정을 쏟아내고 집으로 왔다. 온몸의 기가 다 빠진 느낌이다. 지금도 그때의 경험은 트라우마로 남아 있다. 수영장이나 바닷가의 출렁거리는 물을 보면 멀미하듯 속이 울렁거린다.

아무도 없는 집은 조용하고 어두웠다. 나는 식탁 밑으로 들어가 앉았다. 어린 시절 울고 있던 내면 아이를 바라보니 애처로웠다.

'그동안 얼마나 힘들었니. 이제는 괜찮아! 내가 너를 지켜 줄 거야.'

단호하고 따뜻하게 다독였다. 밤이 깊은 줄도 모르고 어린 나와의 대화가 이어졌다. 오랫동안 외면받던 어린 자아는 어른이 된 나와 당당하게 마주하게 되었다. 억압된 감정은 나이가 든다고 저절로 해결되는 것은 아니었다. 상담을 통해 마음 깊은 곳의 나와 마주하였을 때 비로소 억압된 감정은 자유로움을 느꼈다. 이전에는 직급이 높은 권위자 앞에 서면 이유 없이 긴장하고 불안해하며 초조한 마음이 있었다. 불안한 마음은 조리 있게 의사전달 하기 힘들어했었다. 마주 앉아 차를 마실 때면 찻잔을 든 손이 떨렸다. 포커싱 상담을 하고 긴장 수준이 낮아지고 다소 편안해진 것을 느꼈다. 권위자 앞에서도 내심 차분한 나를 보니 신기했다. 예전에 느꼈던 두려움은 작아졌다. 기억의 흔적은 남아있지만 억눌렀던 불안의 통증은 서서히 사라졌다.

이는 나의 경험뿐만 아니라 남편의 경우에서도 확인할 수 있었다.

남편은 4남 5녀 중에 8번째다. 대가족의 특성상 어릴수록 자기의 목소리 내기가 쉽지 않다. 그는 자신의 욕구나 감정 표현을 어려워했다. 한 번은 남편에게 물었다.

"당신은 어머니의 사랑을 받았다고 생각해?"

남편은 말했다. "사랑을 받으려고 이것저것 많이 했지." 초등학교 소풍을 가는 날, 어머니가 형제들에게 오백 원씩 주었단다. 그런데 남편은 갖고 싶고 먹고 싶은 것을 참고 오백 원을 도로 어머니께 갖다 드렸다고 한다. 엄마는 착하다고 칭찬해 주었다고 했다. 그 말을 들으면서 마음이 먹먹하고 안쓰러웠다.

남편을 동네에서 '순둥이'라 불렀다고 시어머니는 자랑스럽게 말씀하셨다. 어른들의 욕구에 맞춰진 '착한 아이'로 자랐을 것이다. 부모는 자식들에게 똑같은 사랑을 주었다고 한다. 그러나 손가락의 길이가 다른 것처럼 순한 자식에겐 애정이 덜 가게 된다. 결핍된 애정은 나이가 들어도 여전히 성장하지 않은 내면 아이로 머물러 있었다. 타인의 평가에 예민한 반응을 보인다. 그런 남편을 볼 때면 안타까운 마음 들었다. 내가 내면 아이와 마주했던 것처럼, 남편 또한 어린 시절의 감정을 마주할 필요가 있었다.

상처 없는 사람이 어디 있을까. 불안과 두려움은 보이지 않지만, 우리 마음속 깊이 남아 있다. 부정적인 감정들을 애써 모른 체하면 마음의 병이 될 수 있다. 사람들은 부정적인 감정을 외면하려 한다. 생각하고 마주할수록 불편하고 괴롭기 때문이다. 대부분은 내면 깊은 곳에 묻어두고 생활한다. 하지만 그 감정이 사라진 것이 아니다. 어린 시절의 상처는 성인이 되어서도 영향을 미친다. 정면으로 마주하지 않으면 내내 마음속에 웅크리고 있을 것이다.

몸이 기억하는 감정은 평소에는 의식하지 못하던 억눌린 감정이다. 어린 시절에 경험은 자신의 잘못이 아니다. 자책할 이유는 없다. 치유를 위한 노력이 필요하다. 다양한 마음 치유법이 있을 것이다. 그중에 하나가 상담이다. 자신의 감정을 알아주고 따뜻한 토닥거림이 필요하다. 특히 안전한 상담관계에서 어린 자아의 상처를 보듬어 주고 성장이 이루어지면 치유는 시작된다. 상처받은 아이는 성숙한 자기와 만남을 간절히 기다리고 있을 것이다.

남자는 울지 않는다? 그 거짓말의 대가

한원건

"남자는 그런 사소한 일에 울면 안 돼."

"쪼잔하게 남자가 그런 일에 기분 나빠하냐?"

"남자가 눈물이 많아서 어디다 쓰냐?"

어린 시절 주변 사람들의 시선과 반응은 나를 위축되게 했다. 1991년에 태어난 나는 사회에서 기대하는 남성상과 다르게 조용하고 수줍음이 많았다. 그리고 눈물도 많은 남자아이였다. 속상하면 울었고, 화가 나도 눈물이 먼저 나왔다. 눈물을 보일 때면 모든 사람이 약속이나 한 듯이 "남자는 태어나서 세 번만 울어야 해", "남자가 그렇게 약해서 어디다 쓰냐?"라는 말을 했다. 친구들은 울보라고 놀렸고, 그래서 울지 않으려고 애썼다. 사람 앞에 나서는 것이 무섭고 두려웠다. 자연스럽게 느껴지는 감정을 표현하는 게 어려웠다. 그래서 속상해도 티 내지 않았고, 화가 나도 말없이 참았다. 두려운 순간에도 아무렇지 않은 척하며 애썼다. 그렇게 나는 감정을 삼켰다. 참아내는 것이 '남자다운 것'이라고 믿었다. 남자는 강해야 한다고 배웠다. 웬만한 일은 묵묵히 참고 견디는 것이 당연하다고 생각했다. 그렇게 자연스럽게 감정을 숨기는 법을 익혔다. 남중과 남고 그리고 군대를 지나고 나니 어느 순간 내 감정이 무엇인지조차 모르는 상태가 되었다. 자연스럽게 감정을 느끼고 표현하는 게 나에게는 너무나 어려웠다. 모임이나 회의 후 소감을 나누는 순간이 되면 막막하고 심장이 터질 것 같이 불안했다.

감정에 대한 나의 태도와 행동은 가족에게 영향을 많이 받았다. 나는 대한민국의 평범한 가정에서 자랐다. 가족 모두 각자의 역할에 충실하게 살았다. 아버지는 교도관으로 30년 넘게 가족을 위해 일했다. 어머니는 가정주부로 집안일과 육아를 전담했다. 아버지는 교대 근무와 지방 근무로 집에서 함께하는 시간이 많지 않았다. 어머니는 집안 살림과 자녀 양육을 도맡았고, 늘 지쳐 보였다. 그런 환경 속에서 나는 더욱 자연스럽게 감정을 숨기는 법을 배웠다. 부모님이 각자 바쁘게 살아가는 모습을 보면서 '나까지 힘든 티를 내면 안 된다.'라는 생각을 자연스럽게 했다. 아버지 직업으로 인해 전학을 여러 번 다녔다. 그때마다 새로운 친구와 환경에 적응해야 했다. 모든 것이 낯설고 어색했고, 매번 새로운 환경과 사람에 적응하는 게 힘들었다. 그렇지만 힘들다는 말을 쉽게 꺼낼 수 없었다. 힘들어도 참고, 외로워도 견디는 게 내가 할 수 있는 유일한 방법 같았다. 그렇게 감정을 표현하기보다는 조용히 참는 것이 더 익숙한 아이로 자랐다. 부모님이 감정을 표현하지 않도록 가르치지 않았다. 그리고 서로를 사랑하지 않은 것도 아니었다. 그러나 가족은 서로에게 진솔한 감정과 마음을 표현하지 않았다. 돌아보면 가족 모두 힘든 감정을 묵묵히 견디고 참아냈던 것 같다. 겉으로는 문제없는 이상적인 가족처럼 보였다. 그렇지만 가족 내에서 편하지 않았다. 가족 내외 갈등이나 어려움이 있을 때 서로 표현하지 않았고, 비밀로 했다. 그리고 아무렇지 않은 듯 생활했다. 때로는 언어와 행동 그리고 분위기가 불일치했고, 혼란스러웠다. 이런 환경에서 나는 감정을 건강하게 표현하고 해소하는 방법을 배울 기회가 없었다.

그 영향 때문인지 나는 어릴 때부터 조용하고 착한 아이였다. 학교에서도 문제를 일으키지 않았고, 어른의 기대에 맞춰 성실하게 행동했다. 힘든 순간이 많았지만, 누구에게도 표현하지 않았다. 그 습관은 성인이 되어서도 변하지 않았다. 그렇게 어른이 되어 입대하게 되었고, 군에서도 적응하고 살아남기 위해 또 감정을 감추고 억눌렀다. 군에서 감정을 내보이면 약점이 되었다. 약한 모습은 금세 공격을 받거나, 놀림거리가 되었다. 그곳에서 감정을 드러내지 않는 것이 나를 지키고 살아남는 길이었다. 감정에 대한 두려움은 친했던 군대 후임의 부대 내 부조리 신고 후 더욱 커졌다. 후임은 부조리를 신고했다는 이유로 부적응자로 낙인찍혀 따돌림을 당했다. 참다못한 후임은 부대에서 자살을 시도했다. 그러나 바뀌는 건 없었다. 그 후임을 보면서 힘듦과 부당함을 표현하지 말고 참아야 한다고 다짐했다.

감정을 부정하고 억눌렀지만, 알 수 없는 불편감은 여전했다. 후임에 대한 미안함과 군에 계속 있어야 하는 현실이 너무나 괴로웠다. '힘들다'라고 이야기하면 부적응자로 낙인찍힐 것 같아 두려웠다. 밤이 되면 불안과 우울감이 밀려왔다. 그래서 가끔 나도 모르게 눈물이 났다. 혼자 견디는 시간이 길어질수록 마음은 더 불편하고 답답했다. '이렇게까지 해야 하나?', '그냥 다 끝내버리고 싶다', '여기서 도망치고 싶다' 나도 모르게 극단적인 생각이 들었다. 하루하루를 그저 버텨 내는 것이 목표였다. 그렇게 감정을 억누르고 무시하는 것이 습관이 되자, 기쁨도, 슬픔도 흐릿했다. 감정이 아예 사라진 것은 아니었지만, 어느 순간부터 삶이 너무 무미건조하게 느껴졌다. 동기와 친구, 가족에게 감정을 표현하는 게 더욱 어색하고 힘들었다. 대화 중 어떤 감정이 느껴질 때면 혼란스러웠다. 어떻게 반응해야 할지 몰랐다. 그리고 생각은 유연하지 못했다. 때로는 너무나 충동적이고 감정적이었고, 한편으로는 과도하게 이성적이었다. 그러다 보니 대인관계는 모두 피상적이었고, 항상 외롭게 고립되어 있었다. 그렇게 꾸역꾸역 21개월을 살아냈다.

전역 후 삶에서도 감정이 어색하고 어려웠다. 힘들고 불편한 마음이 들어도 참고 견디는 게 최선이라고 생각했다. 참다못해 겨우 용기를 내어 표현하면 "남자가 뭘 그런 거 가지고 그래요?", "그것도 참지 못해요?"라는 대답을 들었다. 사회생활에서도 마찬가지였다. 점점 위축되었다. 그리고 감정으로 혼란스러워하는 내가 너무 이상하게 느껴졌다. 그래서 내 감정과 욕구는 무시하고 모든 걸 주변 사람들에게 맞추며 살아왔다. 내 감정과 욕구를 계속 억누르다 보니, 결국 아무 감정도 느껴지지 않는 순간이 찾아왔다. 기쁜 일에도 감흥이 없었고, 맛있는 음식을 먹어도 그저 그랬다. 좋아하는 음악을 들어도 감동이 없었다. 삶은 더욱 무미건조해졌다. 모든 것이 그저 그런 일상이 되었다. 그런 삶이 너무 답답하고 괴로웠다. 술과 게임, 일, 여행으로 도망칠수록 현실의 암담함이 짙어졌다. 감정을 외면한 채 살아가려 했지만, 불편한 감정과 마음은 나와 항상 함께였다.

오랜 기간 억눌러왔던 감정은 직장 적응과 이직 실패 후 폭풍우처럼 찾아왔다. 폭풍처럼 강한 감정으로부터 도망칠 수 없었다. 너무나 혼란스러웠고, 세상 모든 게 원망스러웠다. 가족과 친구의 위로와 격려도 비난 같았다. 그리고 그들의 진심을 의심했다. 그렇게 6개월 동안 아무도 만나지 않았다. 너무나 무기력하고 우울해 하루도 빠짐없이 울면서 보냈다. 깊은 절망과 혼란 속에서 살아내고 싶었다. 그래서 감정과 욕구를 솔직하게 인정하게 되었다.

감정을 인정하고 용기 내서 표현하기 시작했다. 그리고 내 감정과 마음을 돌보기 시작했다. 그리고 깨달았다.

'남자라는 이유로 참지 않아도 괜찮아.'

'눈물이 나면 울어도 돼.'

'속상하면 이야기해도 돼.'

'힘들면 쉬어도 돼.'

'감정은 나약하고, 이상한 게 아니야.'

'우리 모두 감정을 가졌고, 감정을 표현해도 괜찮아. 그리고 감정은 소중해'

2장

감정과 대화를 나누다

차 한잔할까요?

강명경

    찻잔에 뜨거운 물을 붓습니다. 오늘은 어떤 차를 마실까. 향긋한 과일 향의 차를 선택하고 우려냅니다. 모락모락 피어나는 김은 눈에서 온데간데없이 사라지지만, 우려진 차의 따뜻한 향은 방 안을 채워줍니다. 호호 불면서 한 모금 들이마십니다. 살짝 나는 복숭아 맛은 기분을 좋아지게 하네요. 달콤한 향과 따뜻함을 전해주는 그 느낌이 좋아서 한 모금을 더 마셔봅니다. 차를 마실 때 목을 타고 내려가는 느낌이 듭니다. 창가를 한 번 바라보고, 조금씩 차분하게 나의 내면을 들여다봅니다.

    천하 태평하다는 말을 들으면서 자랐습니다. 인정하는 부분도 있지만 그렇다고 모든 것이 괜찮은 긴 아니었습니다. 겉으로는 아무렇지 않은 척 밝게 행동하지만, 마음속에 슬픔이나 외로움을 감추고 살 때도 많습니다. 저를 잘 다룰 수 있는 완벽한 사람이고 싶었거든요. 제가 느끼는 부족한 부분을 알았기에 더 열심히 하려고 애썼습니다. 남들이 한 번 보면 알 것을 세 번 이상은 봐야 알았고요. 집중력이 부족해서 한 가지를 끝까지 해내려면 시간도 많이 필요했어요. 치명적인 단점이라고 생각했기에 들키면 안 될 것 같았습니다. 그래서 제게 필요하다고 생각했던 건 끈기와 노력이었어요. 하는 데까지 잘해보고 싶었습니다. 이상하게도 신경을 써서 노력하는 데도 계속 불안했어요. 잠도 잘 못 자니 집중도 어려웠죠. 그러다가 자꾸 중요한 걸 놓치게 돼서 실수를 더 하는 날도 있었어요. 그래도 버티고 끝까지 하다 보면 언젠가는 잘 해낼 줄 알았습니다. 완벽하지 못하다는 비밀을 들키지 않으려고 할수록 커지는 불안은 저를 더 힘들게 했어요.

"관둬! 때려치워! 너 따위가 통과할 수 있을 거 같아? 어림없어. 꿈도 꾸지 마. 너, 내가 절대 통과 못 하게 할 거니까, 그만두든지 말든지 알아서 해. 시작부터 못 하게 할 거야."

창가로 햇빛이 비추는 어느 금요일 낮, 중요한 발표가 바로 내일입니다. 최종 검토만 통과되면 여태 기다렸던 날이 시작됩니다. 떨리는 마음으로 A에게 검토를 받습니다. 예상과는 360도 다른 반응이 날아옵니다. A는 띄어쓰기 하나 놓친 것을 지적하며, 매서운 눈으로 바라보고 불같이 화를 냅니다. 가슴이 철렁 내려앉 습니다. 저는 너무 놀라고 당황스러워서 어쩔 줄 몰라 하며 떨고 있습니다. A는 잘못한 걸 인정하면 무릎을 꿇으라고 합니다. 울면 서 "죄송합니다"를 말하며 꿇습니다. 인정했냐 안 했냐가 중요하 지 않았습니다. 곧이어 공들인 페이퍼는 그의 손에 찢깁니다. 제 얼굴 앞을 향해 내던져집니다. 그동안 노력한 시간들이 무가치하 게 짓밟힙니다. 모든 게 물거품이 된 것 같았습니다. 앞으로 어떻 게 해나가야 할지 앞이 막막했어요. 살면서 처음 겪어 본 일이라 많이 놀랐습니다. 무섭고 혼란스러웠어요. 억울하고 답답하고 속 상했지만 제가 할 수 있는 건 아무것도 없었습니다. 끝까지 해내 서 마무리하고 싶었는데 결국 하지 못했습니다. 창피하고 무서워 서 어디에 말하기도 어려웠어요. 살기 위해서는 이때의 기억을 꾹 참고 누르며 회피할 수밖에 없었죠.

조금이라도 그때와 관련된 이야기를 하려고 하면 심장이 벌렁 거렸어요. 실패한 경험과 그때 느낀 무력감은 누구에게도 들키고 싶지 않은 저의 비밀이 되었어요. 저의 상처와 고통, 모자람, 부끄 러움, 수치심을 피하기 위해 도망치려고 했어요. 그럴수록 '난 역 시 뒷심이 약해', '안될 줄 알았어'와 같은 생각이 더욱 심해졌어 요. 아무도 모르게 숨기고 싶었는데 살짝 오픈하는 척하고는 괜 찮은 척 회피했죠. 그러다 어느 순간 누군가 갑자기 큰 소리로 화를 내거나, 오해하며 몰아붙일 때는 과거가 떠올랐어요. 괴로움의 반복이었습니다. 시간이 흐르고 지난 일들이니 괜찮아진 줄 알았는데. 제때 치유받지 못했던 것은 언젠가 터진다더니 제게도 그런 날이 찾아왔습니다. 이제는 용기를 내야 했습니다. 상처의 기억을 꺼내기조차 힘들었을 때부터 다시 수면 위로 꺼내 올리기까지, 참 오래 걸렸습니다.

갑자기 상사에게 오해를 받아 화나고 억울한 날이 있었어요. 눈앞에 펜과 이면지가 보여서 손이 가는 대로 이것저것 끄적거립니다. 단순한 그림도 그립니다. 무엇 때문에 화가 난 건지 써보면서 질문에 꼬리달기를 하며 낙서를 계속했어요. 끄적거린 낙서가 서로 연결되는 것 같고 곧 실마리가 나올 것 같기도 해요. 좀 더 펜을 움직여보다가 갑자기 '아!' 하며 뭔가 떠오릅니다. 쭉 보니 복잡하게 얽힌 생각들이 눈에 들어옵니다. 단순하게 오해를 받은 것에서 화가 난 게 아니라 인정받고 싶던 마음에서 시작된 거였어요. 감정이 올라왔을 때 분개하지 않고 바라보려고 하니 알게 된 진짜 속마음이죠. 막막하고 해결되지 않은 엉킨 실타래의 꼬인 매듭을 찾고 나서부터는 술술 풀리듯 해방감을 느낍니다. 감정을 밀어내는 것이 아니라, 이해하는 것이 중요한 이유를 알아차린 순간이었어요. 이건 변화가 가능하다는 신호였어요.

일부러 명상도 합니다. 지금 떠오르거나 느껴지는 것들을 있는 그대로 바라보려고 합니다. 분노와 마주하는 것이 불편했어요. 처음에는 생각 꼬리물기가 반복되어 명상에 집중하기 어렵습니다. 다시 시도합니다. 느껴지는 지금의 상태를 억누르지 않고 그대로 두고 봅니다. 제 안에서 무슨 일이 일어나고 있는 건지 흐름을 지켜봅니다. 예전이라면 억눌렀을 감정들을 마주하는 용기를 내어봅니다. 분노가 어디서부터 시작되었는지, 어떻게 신호를 보내고 있는지 말입니다. 심장이 갑자기 빠르게 뛰고 떡을 먹다 체한 듯이 답답합니다. 속이 갑갑해서 숨을 크게 들이마시고 길게 내쉽니다. 잘 해내고 싶고 인정받고 싶어 열심히 했는데, 제 의지와는 상관없이 시도해보지도 못한 채 노력했던 결과가 무산될 때 느꼈던 수치심과 연결된 걸 느낍니다. 감정이 올라올 때 부정하거나 피하지 않고 알게 되는 찰나의 순간이 반갑습니다. 고민에 빠져있던 방금 전 상태보다 성장한 느낌이 들거든요. 연쇄반응이 일어나듯이 한 번 경험하고 나면 스스로 알아차리는 속도도 붙습니다.

위로는 서로가 마음을 나누는 거라고 합니다. 혼자인 것 같지만, 혼자가 아니었습니다. 진심이 통한다면 어디서든 위로를 받을 수 있는 것 같습니다. 사랑받지 못하고 쓸쓸하고 헛헛한 외로움보다는, 세상을 살아가는 데 만나는 고독함을 겪어가며 성숙한 어른으로 숙성되는 중입니다. 젊을 때 경험을 많이 해봐야 한다는 말은 자신의 한계를 경험하고 극복해 보는 과정을 겪어보라는 의미인가 봅니다. 어려움을 마주하는 용기를 가져볼까, 할 수 있을까 고민할 때는 이미 때가 된 게 아닐까요? 손에 잡힌 펜 끝에서 순간의 알아차림이 느껴질 때 얼마나 반가운지 모릅니다. 그리고 나면 연쇄반응이 일어나듯 명상을 할 때는 좀 더 내면을 바라보며 자신과 한 발짝 가까워집니다.

찻잔에 담긴 마지막 차 한 모금을 마십니다. 이미 식었지만 복숭아향의 여운이 남아 있습니다. 오늘도 차, 감사히 잘 마셨습니다.

지금, 여기에서 살아가기

김신미

"우울하면 과거에 사는 것이고, 불안하면 미래에 사는 것이며, 편안하면 이 순간에 사는 것이다." 이 문장은 마음 챙김 심리학에서 자주 인용되며, 노자의 말로 알려져 있다. 상담실에서 만나는 많은 사람들은 복잡한 감정으로 어려움을 겪는다. 그중 가장 많이 이야기되는 감정이 우울과 불안이다. 나 역시 불안에 조금 더 민감한 사람이다.

상담을 배우면서 확실히 알게 된 것이 있다. 불안이 높은 사람은 일어나지 않은 일에 대해 걱정이 많다. 그래서 미래를 열심히 준비한다. 나도 그랬다. 40세에 대학원에서 심리 상담을 처음 공부하면서 가장 인상 깊었던 개념이 '지금, 여기'였다. 이런 깨달음은 내 삶을 돌아보게 했다. 상담을 배우기 선에는 그 의미를 깊이 이해하지 못했다. 나는 과거를 후회하고, 미래를 걱정하며 정작 지금 이 순간을 제대로 살아가지 못했다. '혹시라도 안 좋은 일이 생기면 어떡하지?' '준비하지 않으면 더 힘들어지는 거 아닐까?' 이런 생각들이 끊임없이 스쳐 지나갔다. 이러한 불안의 근원을 이해하기 위해, 내 삶에서 불안에 큰 영향을 미친 두 가지 사건을 돌아보고자 한다.

내가 처음으로 큰 사고를 당한 것은 17살 때였다. 중학교를 졸업한 뒤, 우리 가족은 시골을 떠나 서울 영등포의 단칸방으로 이사했다. 고등학교에 합격했지만 형편이 되지 않아 진학을 포기해야 했고, 키가 작다는 이유로 산업체 부설 고등학교에서도 받아주지 않았다. 결국 작은엄마의 소개로 재봉 공장에서 일하게 되었고, 미성년자였던 나는 '이순화'라는 가명으로 취업했다.

그 시기는 내 이름으로 살지 못한 시간이었다. 교복을 입은 여고생들을 볼 때마다 부러운 시선으로 바라보며 결핍을 온몸으로 느껴야 했다. 오랫동안 잊고 지냈던 그 시절의 기억이 40여 년이 지나 다시 떠올랐다. 공장에서 일하던 어느 날, 자투리 천을 자르다가 오른손 새끼손가락을 기계에 베였다. 날카로운 칼날이 살을 파고드는 감각은 아직도 생생하다. 병원에서 상처를 꿰맸지만 그 흉터는 여전히 손가락에 남아 있다. 당시에는 그저 사소한 사고라고 여겼지만, 돌이켜보면 그 사건이 내게 '위험'에 대한 불안을 심어준 계기가 되었다. 그 후로 나는 가족들에게 늘 조심하라고 당부하곤 했다.

두 번째는 50세이던 아버지가 근무 중 강도를 당해 갑자기 돌아가신 일이다. 범인이 잡힐 때까지 여러 번 뉴스에 보도되었고, 그 기억은 쉽게 잊히지 않았다. 지금도 비슷한 사건이 뉴스에 나오면 채널을 돌린다. 가정 형편이 어려워 고등학교에 진학하지 못했을 때, 한때는 부모님을 원망하기도 했다. 하지만 주어진 환경에서 나름 최선을 다하며 살아왔다. 계속 일하면서 고졸 검정고시를 통과하고, 대학을 졸업했으며, 전문 분야 자격증을 취득해 중견 건설회사에 취직했다. 이제야 한숨 돌릴 수 있겠다 싶던 순간, 아버지가 세상을 떠나셨다.

스물여덟에 결혼하기 전까지 6년 동안 경제적, 정신적으로 감당해야 할 것이 너무 많아 벅차고 힘겨웠다. 아버지의 죽음은 단순한 상실이 아니었다. 그 영향 때문인지, 내 마음 깊숙이 보이지 않는 불안이 자리 잡고 있었다. '혹시 남편이 세상을 일찍 떠나, 나와 아이들이 힘들면 어떡하지?'

나도 모르게 이런 걱정을 품고 있었다. 같이 살면서 그런 불안을 무심결에 드러냈던 걸까? 어느 날, 남편이 나를 보고 이렇게 말했다. "당신이 내가 일찍 죽을까 봐 불안해하는 것 같아. 장인어른이 일찍 돌아가셔서 그래?" 그 순간 아차 싶었다.

나는 남편에게서 아버지의 모습을 보았고, 아직도 아버지의 갑작스러운 죽음을 극복하지 못하고 있었다. 이 두 사건은 내 삶에 깊은 영향을 주었고, 내가 불안을 쉽게 느끼는 이유가 되었다.

상담대학원 수업 중 이상심리학이 가장 흥미로웠다. H 교수님의 엄격한 수업 방식 덕분에 다양한 심리 장애를 사례와 함께 배우며 현실적인 적용이 가능했다. 수업에서 '범불안장애'를 배우며 내가 불안이 많은 사람이라는 사실을 확실히 알게 되었다. 범불안장애는 다양한 상황에서 만성적인 불안과 과도한 걱정을 나타내는 상태다. 나는 과거를 돌아보며 자주 걱정을 했고, 상담실에서 불안해하는 내담자들을 만나면 유난히 더 신경이 쓰였다. 그들을 돕고 싶었고, 함께 불안을 다루는 방법을 배우고 싶었다.

예측할 수 없는 현대 사회에서 우리가 아무리 준비해도 예상치 못한 일이 언제든 일어난다. 그렇다면 어떻게 불안에 대비해야 할까?

'지금, 여기에 머무르는 연습'은 상담에서 가장 기본적으로 다루는 기법이다. 불안을 완전히 없애는 것은 불가능하지만, 불안과 함께 살아가는 방법을 배울 수 있다.

불안이 찾아올 때마다 나는 이렇게 묻는다. "나는 지금 무엇을 하고 있는가?" 이 단순한 질문은 내 의식을 미래의 걱정으로부터 현재로 가져오는 데 도움이 된다. 미래가 아닌, 지금 내 앞에 놓인 현실에 집중하려고 한다. 예를 들어, 운전 중 불안이 올라올 때는 도로 상황, 핸들의 감촉, 발아래 페달의 느낌에 집중하며 현재에 머무른다.

또한, 완벽한 준비는 불가능하다는 사실을 인정한다. 삶은 예상치 못한 사건의 연속이다. 모든 가능성에 대비하려 하기보다는, 상황이 발생했을 때 유연하게 대처할 수 있는 내적 자원을 키우는 것이 더 중요하다는 것을 배웠다. 이것은 내게 큰 해방감을 주었다.

과거의 상처를 이해하고 받아들이는 것도 중요하다. 심리치료 과정에서 나는 어린 시절의 나와 대화하는 시간을 가졌다. 내가 가진 불안이 어디에서 비롯되었는지를 돌아보며 나 자신에게 이렇게 말한다.

"그때 힘들었지만, 이제는 괜찮아. 너는 그 모든 어려움을 이겨냈고, 지금은 안전해."

일상에서 나에게 안정감을 주는 작은 습관들을 만들어 가고 있다. 요가 수업에 참여하며 호흡과 몸의 움직임이 하나가 되는 순간을 경험한다. 이때 마음은 과거나 미래가 아닌 오직 현재에만 머문다. 주말에는 자연과 함께 시간을 보내는데, 산책로를 걸으며 나뭇잎 사이로 비치는 햇살, 발아래 부서지는 나뭇가지 소리에 온전히 집중한다. 또한 매일 아침 따뜻한 차를 마시는 시간을 가진다. 차의 향기를 맡고, 따뜻한 온기를 느끼며 잠시나마 현재에 집중한다. 이런 작은 습관들이 불안한 마음을 다스리는 데 놀라운 효과가 있음을 발견했다. 불안은 더 잘 살고 싶은 마음에서 비롯된 자연스러운 감정이다. 하지만 미래에 대한 걱정만 하다 보면 정작 지금을 놓친다. 삶은 햇살과 그늘이 어우러져 한 폭의 그림 같은 풍경을 이룬다. 불안과 걱정은 누구에게나 함께하는 여정이다.

나는 이제 불안과 맞서기보다는 함께 살아가고 있다. 어쩌면 불안은 나를 지키기 위해 내 안에 자리 잡은 감정일지도 모른다. 그것을 부정하기보다 인정하고 받아들이는 법을 배웠다. 불안은 나의 일부이며, 나의 역사를 담고 있다. 나는 이제 불안을 친구처럼 여기며 대화한다. '네가 걱정하는 것 알아. 하지만 지금은 이 순간에 집중하자.'

나는 과거의 아픔을 인정하고, 미래를 준비하되, 무엇보다도 현재를 살아가기로 한다. 지금, 여기에서. 이것이 내가 불안과 함께 평화롭게 공존하는 방법이며, 더 충만한 삶을 살아가는 비결이다.

답은 내 안에 있었다

~~~~~~

박선영

스페인의 골목은 아름답고 고풍스럽고 당당했다. 바로셀로나 고딕지구에 위치한 '키스의 벽' 벽화가 있는 주변 골목은 관광객으로 붐볐다. 벽화 때문인지, 인근에 있는 대성당의 영향인지 골목마다 기품이 느껴졌다. 높은 담과 긴 거리는 오랜 역사가 살아있다고 느끼기에 충분했다. 그래서일까. 오랫동안 걸어도, 높게 뛰어올라도 사람은 담보다 더 길지도, 더 높지도 않았다. 사람은 마치 작아진 앨리스 같았다. 높게 솟은 성벽 앞에서 크게 소리쳐도 성벽을 넘지 못했다. 살아있는 소리가 죽어 있는 담을 넘기가 어려웠다. 어딜 가도 내가 있는 곳은 죽은 자의 옛터였고, 어디에서도 나는 숨 쉬는 이방인이며, 관람객일 뿐이었다.

겸임 교수로 9년 동안 강의하던 내학교에서 자의 반 타의 반 강의를 그만두게 되었다. 학교에서 나왔다. 학교 입장에서는 자연스러운 현상이고 나에겐 해고였다. 박사 학위가 없는 교수는 필요하지 않았다. 매일매일 시간이 남았고, 남는 시간만큼 생각과 마음에 구멍이 생겼다. 블랙홀처럼 모든 것을 빨아들이고 생기마저 집어삼키고 있었다. 허전했다. '어떻게 살아야 하는 걸까', '무엇을 위해 살아야 하지' 모든 게 의문이고 확신이 없었다. 실패보다 더 무거운 '살아내야'하는 숙제가 생겼다. 무언가를 쓰고 싶었다. 나를 살리기 위해서라도 글을 써야 했다.

"박 선생, 강독 참석이 어렵나요?"

석사 4학기에 시작한 심리학서 강독 수업 참석에 균열이 생기기 시작했다. 15년간 참석한 강독 수업이다. 시작 시간에 늦기도 하고 강독을 빠지면서 수강료 납부를 미루는 일이 일어났다. 가끔 있던 일이 종종 일어나더니 한 달, 두 달 쉬는 일이 늘었다. 그리곤 책을 덮었다.

"교수님, 쉬고 싶어요. 마음이 편해지면 다시 들어오겠습니다"

"그래요. 마음이 그렇다면 쉬어 보는 것도 괜찮아요. 그런데 박 선생, 자신의 마음과 너무 멀어지진 마세요. 무슨 말인지 알죠?"

매주 참석하던 강독은 이렇게 끝났다. 막내 임신 중에 시작한 분석이다. 석사를 졸업하고 박사학위 논문을 준비할 때도 해오던 공부다. 부족한 것을 채우려고 시작했던 공부는 오히려 차고 넘쳐서 쓰지도 못하고 버려지는 꼴이었다. 아무런 변화 없이 공기에 묻혀버렸다. 그리고 사라졌다. 강독을 쉬면서 일상은 점점 단순해졌다. 출퇴근과 상담. 집과 사무실을 오가는 생활이 전부였다. 음식 서빙을 하는 음식점의 작은 로봇처럼 코딩된 상태로 정해진 길을 다니는 기계 같은 하루의 연속이었다. 익숙하고 중요한 일이 없어져서일까. 사는 게 사는 것 같지 않았다. 죽어 있는 것과 진배없었다. 밥솥에 쌀은 넣었는데 취사 버튼을 누르지 않는 일, 김치찌개를 끓일 때 돼지고기뿐 아니라 수분 흡수 팩까지 넣는 부주의함으로 아이들이 배탈이 나기도 했다. 로봇청소기를 작동시켰는데 바닥의 옷가지 때문에 청소기가 종일 제자리를 돌다가 방전된 일, 빨간불을 초록불로 잘못 보고 지나가서 신호 위반으로 교통 범칙금 고지서를 받은 것도, 사고로 이어질 뻔한 일도 여러 번이다. 정신 줄을 놓은 사람처럼 제정신이 아니었다. 병원을 간다면 정신건강의학과를 가야하고 진단명이 있다면 필시 우울증이라고 할 만했다. 건망증처럼 보여도 일상은 건방지지 않았다. 점점 피폐해지고 있었다.

분석가 이○○ 선생님과 큰스님이 왼쪽과 오른쪽에 나란히 앉아 계신다. 소반을 앞에 두고 있다. 두 분이 차담을 나누는 중이다. 나에겐 소리기 들리시 않는다. 가운데 앉아 계시던 두 분의 위치가 바뀐다. 분석가 선생님이 조금 아래로, 큰스님이 위쪽으로 올라간다. 위치 변화에서 미묘한 차이가 느껴진다.

꿈속 등장인물이 너무 큰 인물이어서 나중에 분석 받으려고
미뤘던 꿈이다. 수퍼바이저 박효인 선생님께 연락을 했다. 온라인
(SKYPE)으로 오랜만에 만났다. 서로의 안부를 나누기도 전에 교
수님의 안색을 먼저 살폈다.

"교육분석 받던 상담가에서 꿈 분석을 받는 내담자로 상담을
신청했어요."

일상을 묻고 답하면서 안부를 나눴다. 꿈에 대한 느낌을 말하
고 몇 가지 질문은 받았다. 스페인 여행을 다녀온 일과 여행 직
후 돌아와서의 기분을 이야기하고 자연스럽게 꿈 이야기로 넘어
갔다.

"산다는 건 땅을 밟고 한 발 한 발 걸을 때 의미가 있는 것 같
아요."

"강의하는 동안 구름을 걷는 듯한 기분이었어요. 이것도 학교
를 나오니까 알겠더라고요."

"힘들어서 떠난 여행이었지만 여행은 여행일 뿐. 현실을 회피한
다고 해결되는 건 아니더라구요."

교수님은 듣기만 할 뿐 나만 이야기하고 있었다. 말을 하면서
도 마음에서 일어나는 감정을 놓치지 않으려고 목소리에 집중해
야 했다.

"박 선생, 힘들 때 상담받을 수 있죠. 여행 이야기도, 꿈 이야기도 여기까지 합시다. 박 선생이 답은 알고 있는 것 같은데. 어떻게 지냈는지 이야기해요. 얼마 만에 만나는 거죠?"

심각하고 궁금한 나와 달리 교수님은 경쾌했다. 꿈이 무엇을 말하는지 알아차리는 것은 온전하게 내 몫이었다. 스페인 여행에서 느낀 삶의 의미를 되새겨봤다. 꿈의 의미도 다시 생각해봤다. 이론보다 실제를, 분석보다 성찰이 우선하는 인생을 산다면 어떨까. 꿈속 화면에 멈춰 있는 내 모습이 아닌, 시간을 느끼고 공간에서 살아있는 나를 발견하는 찰나가 지나갔다.

내가 살아있다고 느낀 장소는 귀국 후 동네 골목에 자리한 허름한 식당에 들어가서다. 삼겹살 전문점이다. 손님들의 보이지 않는 시끄러움, 소란스러운 눈길, 분주한 손길까지. 어느 것 하나 빠트릴 수 없는 생생함이 넘치는 풍경이다. 사랑스러웠고, 바라보는 동안 행복했다. 삼겹살의 달짝지근한 육즙에 입안이 즐겁고 막걸리 한잔에 기름진 스페인의 느끼함이 시원하게 내려간다. 크게 숨 쉬지 않아도 숨결이 느껴지는 곳. 편안하게 잠들 수 있는 곳, 이곳에서 나는 현지인이다. 이곳이 내가 사는 곳이다. 스페인의 모든 골목은 살아있는 생명체를 품기에 충분했지만 살아있는 것을 능가하지는 못했다.

몸의 오케스트라

소유

장미, 튤립, 작약 등 온 세상이 꽃의 아름다움에 눈부신 5월. 남편과 남편 지인 영심 언니 부부와 골프 약속이 있다. 남편은 골프 구력이 20년이 넘었다. 프로급의 실력을 갖고 있다. 영심 언니 부부도 마찬가지로 구력이 20년 이상이다. 나는 골프 레슨을 시작한 지 두 달 만에, 왼쪽 무릎 연골 수술을 받았다. 6개월간 재활을 마치고, 다시 레슨을 시작한 건 석 달 정도다. 완전 햇병아리 수준이다. 필드에 나가 본 것도 이제 세 번째다. 아직은 무릎이 약해서 보호대를 착용한다. 남편이 좋아하는 취미이기도 하고, 친목 도모 차원에서 빠질 수 없다. 골프 문화에 적응 중이라 어색하다. '빠트린 건 없나? 제대로 옷은 입은 건가? 다른 사람들은 어떻게 하고 다니지?' 이것저것 정보를 수집 중이다.

푸른색과 붉은색의 야생화로 뒤덮인 초원을 가로지르며, 카트를 타고 달린다. 바로 앞에 보이는 강원도 울산바위. 그림 같은 풍경에 혼이 빠진다. 그런데 내 순서가 돼서 공을 보니 앞이 캄캄해진다. 최대한 긴장을 풀기 위해 스트레칭을 열심히 해본다. 그래서인지 생각보다 공이 잘 맞는다. 기대 이상으로 잘 치는 모습에 남편도 기분이 좋은가 보다.

"실력 있는 골프 코치한테 석 달 동안 일대일 레슨받은 보람이 있네. 나 초보였을 때보다 잘하는데."

칭찬을 들으니 신나고 재미있다. 그런데, 잘 나가다가 4번 홀에서 공이 숲속으로 사라졌다. 당황스럽다. 영심 언니는 공을 한 번에 홀컵 가까이 보낸다. 언니가 너무 부럽다. 남편이 그런 내 마음을 읽었는지 열심히 코칭을 해 준다. 무슨 말인 줄은 알겠는데, 몸이 말을 안 듣는다. 계속 공은 엇나가고, 남편은 나 대신 공도 주워 오고, 코칭도 해 주느라 바쁘다. 남편에게 미안하고 고마운 마음뿐이다. 내 실수는 계속되고, 남편이 코칭을 해주는 데도 달라지지 않자, 말이 거칠어진다.

"왜 그렇게 고집이 세! 방향은 왼쪽으로 더 틀고, 공을 끝까지 보고, 머리 들지 말라니까! 대가리에 뭐가 든 거야! 지우개가 들었냐! 학교는 어떻게 다녔냐! 성적증명서 가져와 봐!"

집중이 안 된다. 배운 대로 안 되는 나에게 화가 난다. 실망한 남편에게 죄책감이 든다. 등줄기에서는 식은땀이 나고, 얼굴은 달아오른다. 너무 부끄럽다. 카트에 앉아 있던 영심 언니가

"소유야, 가만히 있지 말고 너도 말 좀 해. 이제 몇 번이나 쳐봤다고 못하는 게 당연한 거지. 왜 뭐라고 하는 건데."

그 말에 머리에 얼음을 얹은 듯 시원해지면서 용기가 난다.

"아가리 좀 닥쳐 줄래! 내가 다리만 안 아팠으면 벌써 날아다녔어."

큰소리는 쳤지만, 모두 나를 비웃는 것 같다. '배운 대로 한 것 같은데, 왜 안 되는 거냐고 도대체! 뭐가 잘못된 거냐고!' 마음이 불편하다. 몸의 감각이 없다. 두통이 밀려온다. 골프를 마치고 두통약을 먹었지만 효과가 없다. 남편과 나란히 차를 타고 집으로 향한다. 너무 힘들다. 한숨을 쉬며 실망하는 남편의 표정. 거친 말투가 메아리가 되어 관자놀이에서 울린다. 식은땀이 정신없이 흐르고 차 안이 너무 갑갑하다. 고통스러움에 발버둥 친다. 손으로 관자놀이를 눌러 보지만 소용이 없다. 얕은 숨을 급하게 쉰다. 손발에 쥐가 나고 감각이 없다. 명치가 단단하다. 괜찮냐는 남편의 말이 달팽이관을 자극한다. 고통이 정점을 찍는다.

"차 좀 세워줘. 토할 것 같아."

하필 교차로라서 차가 많이도 지나간다. 급하게 국도변에 차를 세운다. 차 문을 박차고 나가 벽을 잡고 연속해서 세 번을 토한다. 수치심과 혐오감을 배출한 기분이다. 공기 빠진 풍선처럼 뱃가죽이 야들야들하다. 이제야 산소가 몸속을 훑고 지나간다. 손발에 감각이 돌아온다. 이제 좀 견딜만하다. 골프장에서 돌아가는 길에 매번 있는 일이다. 그래서 두통약을 챙겨 간 건데 타이밍이 늦었던 것 같다. 배운 대로 복식 호흡을 했다. 부정적 생각에서 벗어나 골프에 집중하려고 노력했다. 남편에게 맞대응도 했다. 그런데 왜! 왜! 효과가 없던 걸까? 알아내야 한다. 고통을 끝내고 싶다. 며칠 동안 생각해 봤다. 결론은, 머릿속이 이미 부정적인 생각들에 지배되었기 때문이라는 거다. 어린 시절 시작된 뿌리 깊은 습관들. 엄마에게 혼나던 네 살의 나. 억울함과 분노가 컸지만, 무서워서 아무 말도 못 했던 아이. 공포를 느끼면 돌처럼 굳어버리는 아이. 죄책감에 자책하던 아이. 그럼 어떻게 하면 될까? 방법을 찾아보자.

고통에서 벗어나기 위해 이것을 기억할 것. 첫째, 억울함과 분노가 쌓이지 않도록 노력해야 한다. 둘째, 상대방의 말이 당시에 많이 거슬리지 않더라도 바로 대응해야 한다. 셋째, '무서운 일은 일어나지 않아. 네가 감당할 만한 일이야'라고 스스로 다독인다. 넷째 '극복하고 말 거야!' 마음속에 갑옷을 입는다.

골프장을 다시 방문한다. 맞붙을 생각에 흥분되기까지 한다. 역시나, 초반에는 공이 잘 맞다가, 세 번째 홀에서 공이 사라진다. '이때다! 선수 쳐서 남편의 말을 막자!'

"골프 코치랑 연습할 땐 잘됐는데, 골프채가 안 좋은가 봐. 여보 골프채 좀 바꿔 줘."

골프채 탓을 하는 골프 초보의 어이없는 말에, 웃음바다가 됐다. 비난이나 빈정거리는 말이 돌아오는 대신 사람들이 즐거워하는 모습에 자신감이 생긴다. 실수할 때마다 얼음이 되지 않고 유머라는 무기를 꺼낸다. 즐거운 분위기에 표정은 밝아지고, 정신이 또렷해진다. 팔다리가 하늘하늘 부드럽다. 그래서일까? 영심 언니도 못 넘긴 해저드를 가뿐히 넘긴다. 나는 환호한다. '유후!' 주위에서 칭찬이 쏟아진다.

"소유는 폼이 너무 예쁘다. 힘도 좋고, 키도 있어서 2년 정도 치면 정말 잘 치겠다."

남편을 보니 신나서 입이 귀에 걸려 있다. 지인들은 오늘 너무 즐거웠다며, 다음 골프 약속을 잡는다. 그리고 그날 이후부터 두통약을 챙길 필요가 없어졌다.

몸의 반응을 캐치하고, 어린 시절의 트라우마를 알아차릴 수 있었다. 나의 몸이 보내는 반응은 오케스트라처럼 아주 섬세하다. 테마가 공포인지, 수치심인지, 즐거움인지에 따라 제각각 다른 신호를 보낸다. 몸이 반응하기 전에 미리 대응할 수 있으니, 부정적인 감정이 나를 지배할 수 없도록 방어할 수 있게 됐다. 나는 지휘자가 되어 마음먹은 대로 통제할 수 있다는 자신감이 생긴다.

나로서 산다는 것

이수현

나의 감정에 관한 관심이 생겨나기 시작하던 무렵, 대학에 입학해 심리학이라는 학문을 접했다. 심리학은 마음을 다루는 학문이니 나의 복잡한 심리에 대한 답을 가지고 있겠다는 생각이 들었다. 인간관계 심리학과 같은 교양 과목은 제목만으로도 흥미로웠고, 수강 신청도 치열했다. 나는 주전공보다 더 많은 관심과 열심을 보이면서 심리학을 복수 전공하기로 마음먹었다. 심리학 속에는 상담학이 있었는데, 마음의 고통을 해결해줄 답이 여기에 있겠구나 싶었다.

상담은 마음이 어려울 때 가는 것이니 상담학 근처에 가면 나와 같은 어려움을 가진 사람들이 있을 것만 같았다. 실제로 집단 상담에서 일어나는 치유의 요건 중 하나는 '보편성'이다. 나와 비슷한 어려움을 가진 사람들을 보며 나만 그런 것이 아니라는 것을 깨닫는 것이다. 나는 본능적으로 그런 치유조건을 찾아 헤맸다. 나처럼 타인에게 맞추려고 노력하면서 감정을 드러내지 못하는 사람이 분명히 있을 것이라는 생각이었다.

나는 상담을 공부하기 위해 대학원 진학을 알아보다가 미국에서 공부할 기회를 얻게 되었다. 조용하고 뒤로 물러나기를 좋아했던 내가 지구 반 바퀴를 돌아 먼 나라까지 혼자 가서 공부하는 것은 어려울 만한 일이었지만 왠지 두렵지 않았다. 나에게도 이렇게 큰 열정과 적극성이 있다는 것은 시간이 지났을 때 깨달았다.

상담에서 상담사는 그 자체로 치료에 중요한 도구다. 상담사의 생각과 가치관이 많은 영향을 줄 수 있기에 내담자에게 해를 입히지 않도록 자신을 아는 것이 중요하다. 상담 수업에서는 자신을 들여다보는 시간을 많이 가졌다. 수업에는 다양한 국적과 인종, 배경을 가진 친구들이 있었다. 우리는 자라온 배경과 부모와의 관계, 특정한 사건과 경험, 기질과 성격 등에 대해 배우고 나누었다.

집단상담을 배울 때는 돌아가며 리더와 코리더, 집단원 역할을 했다. 서로 각자의 어려움을 나누며 공감하는 시간을 가졌다. 감정을 다루는 방법과 해소 정도가 사람마다 모두 다르다는 것도 알게 되었다. 조던은 어머니를 떠올리면 무슨 감정을 느끼는지 오래 생각해야만 했다. 평소 묻어두었던 마음이기 때문이다. 헤일리는 아버지를 떠나보낸 아픔에 관해 이미 많이 말하고 해소한 경험이 있었다. 평온한 표정으로, 말하는 것이 어렵지 않다고 했다. 우리는 각자의 이야기를 진심으로 경청했다. 비슷한 경험이 있으면 말해주면서 공감을 전했다. 나 역시도 경청과 공감을 받으면서 따뜻함을 많이 느꼈고, '나만 그런 것이 아니구나'라고 안심할 수 있었다.

상담 이론 중 하나인 게슈탈트 이론에서 '빈 의자' 기법을 배울 때였다. '빈 의자'는 마음에 해결되지 않은 감정을 다룰 때 도움이 많이 되는 기법이다. 슬픔, 분노, 억울함 등 해소되지 못한 감정을 말하다 보면 그와 관련된 대상이 있다. 때로는 그 대상이 자기 자신일 수도 있다. 그가 자신의 앞에 놓인 빈 의자에 앉아 있다고 생각하고 마음을 이야기할 수 있도록 돕는다.

어느 날은 교실 한 가운데 의자를 두고, 학생들이 자발적으로 나와 해결되지 못한 자신의 감정을 만나는 시간을 가졌다. 외국에서 온 친구들은 먼저 모국어로 이야기를 함으로써 생생한 감정을 느낄 수 있었다. 사라는 돌아가신 엄마를 만나 미안함을 전했고, 제니퍼는 외로울 때 늘 만나던 상상 속 친구에게 이별을 고하며 펑펑 울었다. 나 역시도 타인에게 감정을 드러내지 못하고 외로웠던 날들이 떠올라 그 친구의 눈물이 더 안쓰럽고 슬펐다. 그 친구는 매우 친했던 친구의 배신을 경험한 후로 사람을 믿지 못해 상상 속 친구를 만들어서 이야기했다고 했다. 배신은 신뢰와 안전함을 깨뜨리는 행위이다. 감정은 안전하지 않으면 밖으로 드러나지 않는다는 것을 알 수 있었다. 모두가 함께 눈물 흘리고, 느낀 것들을 공유하면서 나는 감정과 점차 한 발짝씩 가까워지는 느낌이 들었다.

감정을 느끼고 알아차리면 내가 원하는 바를 선명히 알 수 있다. 분명해진 나의 욕구에 따라 말과 행동을 결정할 수 있게 된다. 그렇게 살아갈 때 진정한 삶의 주인이 된다. 나는 그동안 나의 감정을 알아차리지 못하며 말과 행동을 외부요인에 의해 결정짓고는 했다. 때로는 누군가 대표로 말하거나 대신 전하는 것이 더 편할 때도 많았다. '진짜 감정'보다 '받아들여질 만한 감정'을 말해야 했기에 굳이 내가 말하는 것이 의미 있다고 느끼지 못했는지도 모른다. 그러다 보니 나의 주체성은 묻혀 나오지 못할 때가 많았다.

미국에 온 지 얼마 되지 않았을 무렵이었다. 영어와 현지 상황이 서툰 나 대신 다른 사람이 대신 이야기하려 했던 때가 있었다. 질문했던 미국인 여자분이 그를 막더니, "네가 말해"라며 나를 쳐다보았다. 그녀가 알고 싶은 건 나의 의견이고, 내가 말하는 것이 당연했기 때문이다. 당황스러우면서도 신선한 충격이었다. 두렵거나 나쁜 감정은 들지 않았다. 누군가 대신 해결해주면 편안했지만 사실 마음속에는 내가 하고 싶다는 바람도 있었다. 그녀의 말은 '주체는 너야. 그걸 잊지 마'라고 말해주는 것만 같았다.

미국에서 나는 여러 따뜻한 사람을 만났다. 첫 2년 동안 함께 지냈던 집주인은 미국인 바비 할머니였다. 그녀는 한국에 관심을 가지며 '할머니'라고 부르게 해 주었고, 내가 표현하지 못하는 감정까지 신경 쓰며 물어봐 주었다. 스승이자 수퍼바이저인 마이클은 언제나 따뜻하게 나를 맞아 주었다. 그는 인턴십을 하는 1년간 매주 수퍼비전을 해주었는데 나의 부족함에도 박수와 격려를 아끼지 않았다. 그는 내가 내담자를 만나고 상담하며 느끼는 감정들에 온전히 귀 기울였다. 평가하거나 판단하지 않았다. 따뜻한 사람들 속에서 받아들여지는 경험을 하면서 나는 나의 감정이 존중받을 만한 것이라는 것을 깨닫게 되었다.

미국의 수업에는 능동적인 참여가 중요하다. 출석 확인을 하면 출석 만점을 받을 수 있었던 우리나라와 달리 발표나 토론 등 적극적으로 참여를 하지 않으면 출석해도 점수가 낮았다. 나를 드러내는 어려움을 많이 느꼈던 나는 학생상담센터를 찾았다. 상담사는 한국인 어머니를 가진 미국인이었다. 그녀는 친절했고, 침묵과 질문을 어려워하지 않았다. 내가 침묵할 때면 그 안에 함께 머물러 주었고, 여러 번 질문해 미안해할 때면 그때마다 괜찮다고 하며 격려해주었다. 그녀와의 관계에서 편안함을 느끼면서 한 학기 내내 상담을 이어나갔다.

상담을 받으면서 감정을 드러내는 게 왜 두려운지 살펴보았다. 그 마음을 따라가 보니 어린 시절 위축된 내가 있었다. 무서웠던 아버지, 자주 혼내던 선생님, 혼자 집을 보며 동생을 돌봐야 했던 경험들을 떠올리니 내가 감정을 숨길 수밖에 없었음을 이해하게 되었다. 잘 드러내지 못하는 나를 타박만 하다가 왜 그런지를 이해하게 되니 답답함이 조금 해소되는 것 같았다.

어느 날, 상담사는 내게 빈 의자 기법을 제안했다. 나를 위축시켰던 초등학교 담임선생님에게 어린 시절 하지 못했던 말을 하도록 했다. 도움을 받으며 말을 하다 보니 복잡하고 혼란스러웠던 감정들이 명확해졌다. 그녀는 내게 부치지 않는 편지쓰기를 제안했다. 충분히 화내고 원망하며 슬퍼하고 나니 사로잡혔던 고통에서 벗어날 수 있었다.

한국에 돌아와 나는 연애 관계의 어려움을 경험하며 상담을 다시 찾았다. 따뜻하고 지지적인 선생님을 만나 내가 감정을 드러내는 것이 안전하다는 것을 또 한 번 경험했다. 때로는 나 자신이 이해되지 않고 한심하게 느껴질 때, 선생님은 공감해주면서도 내가 다른 시각으로 바라볼 수 있게 해주었다. 상담에서 마음뿐 아니라 몸 상태를 살피는 법을 배웠다. 몸을 통해 감정을 더 잘 알아차릴 수 있었다.

상담을 공부하고 경험하면서 내가 찾던 답을 찾을 수 있었다. 감정은 받아들여지지 않을 때 안전하지 못하다고 생각하고, 숨기를 반복한다. 하지만 사라지지 않고 마음속 깊은 곳부터 쌓이기 시작한다. 그러다가 어느 날 다양한 신체적 증상으로 나타나기도 하고, 공격적인 행동으로 표출되기도 한다. 그런 모습에 나 자신을 탓할 필요는 없다. 누구나 그런 상황이라면 그럴 수밖에 없기 때문이다. 오히려 감정을 숨기는 것은 그 당시를 살아내기에 적합한 방법이었을 것이다.

그러나 괴로운 신호가 반복된다면 나의 마음에 관심을 가지는 게 중요하다. 괴로움은 이제 감정이 밖으로 나올 때가 되었다는 뜻이기 때문이다. 진정한 삶을 살아내야 한다는 외침이기 때문이다. 다행히 그런 외침에 귀 기울이면서 따뜻한 사람들을 만날 수 있었고, 삶에 큰 변화를 가져올 수 있었다.

감정과 대화를 나누다

정미정

어린 날의 애착, 숙모.

7~8세 무렵, 해 질 녘, 땀방울이 송골송골 맺히도록 뛰어놀던 작은 아이. 동네 친구들을 불러 모아 "애들아, 술래잡기할 사람!" 외치며 놀이를 주도했던 건 늘 저였지요. 달리기 시합을 하자며 팔을 걷어붙이고, 숨바꼭질 장소를 물색하며 동네 골목길을 누비던 활발한 아이, 친구들 사이에서 새로운 놀이를 제안하며 분위기를 이끌어가는 요즈음 단어로 '인싸'였지요.

열심히 뛰어노는 게 당연하겠지만 그 당시를 떠올려보면 텅 빈마음 한구석을 끊임없이 놀이하며 채우고 싶었던 것 같다는 생각이 스치고 지나갑니다.

작은 가게를 운영하셨던 부모님은 늘 바쁘셨고, 3남매의 막내였던 저는 외할머니 손에서 자랐습니다. 넉넉하지 않은 형편에, 부모님은 새벽부터 밤늦게까지 가게운영에 애쓰셨고, 외할머니는 저희 3남매를 따뜻하게 보살펴주셨지요. 외할머니가 먹고 입고 생활을 도와주셨다면 정서적으로 보살펴준 한 사람이 더 있었지요. 덕분에 궁핍하지는 않았던 것 같습니다.

어린 시절 중요했던 한 사람…. 엄마가 아니라 숙모였습니다. 따뜻하고 푸근했던 숙모의 품, 따뜻한 눈빛… 첫째 작은아버지의 숙모였습니다. 숙모는 제 어린 시절에 정서적으로 보살펴 주신분입니다.

늘 바빴던 부모님 대신, 숙모는 어린 저를 따뜻하게 안아주고, 사랑과 관심을 듬뿍 쏟아주셨지요. 큰집인 우리 집에 오실 때마다 숙모는 환한 미소로 "우리 미정이 뭐하고 있었노?" 다정하게 말을 건네셨습니다. 보드라운 손길로 쓰다듬어 주시고, 토닥토닥 두드려주시던 숙모의 따뜻함은 포근한 기억으로 남아있습니다.

호기심 가득한 눈빛으로 숙모의 화장하는 모습을 신기한 듯 한참을 바라볼 때면 "우리 미정이도 한번 발라볼래?" 하고 화장품을 내어주시곤 했습니다.

숙모는 저를 품에 안고 늘 칭찬을 아끼지 않으셨습니다.

"우리 미정이는 어째 이리 얼굴이 삭고 귀엽지?"

꿀 떨어지는 숙모의 말투와 따뜻한 눈빛은 애정이 필요한 어린 아이에게 무엇보다 소중한 사랑이었습니다. 만날 때마다 설레고 기분 좋은 시간이었고 숙모의 따뜻한 품 안을 부비며 머물고 싶다고 간절히 소망했었지요.

행복한 시간은 늘 짧게만 느껴질까요. 숙모가 집으로 돌아가시는 날이면, 어린 나는 마치 세상이 무너지는 듯 엉엉 울었습니다. "숙모 가지 마! 숙모랑 같이 있고 싶다고!" 애처로운 울음소리에 어른들은 "네 엄마 딸 할래? 숙모 딸 할래?"라고 짓궂은 질문을 던지곤 했지요. 그럴 때면 1초의 망설임도 없이 "나 숙모 딸 할래!"라고 외쳤지요.

어린 날의 저에게는 숙모는 절대적인 존재였습니다. 안정감과 사랑을 듬뿍 주는 세상에서 가장 소중하고 특별한 사람이었으니까요. 하지만, 숙모의 사랑은 마치 여름날의 소나기처럼 언제나 곁에 머물러 있지는 않았습니다. 숙모가 떠나고 나면, 제 안에는 커다란 구멍이 뚫린 듯한 외로움이 밀려왔습니다. 숙모를 만나지 못하는 날의 외로움을 잊고 심심함과 허전함을 느끼고 싶지 않아서 친구들과 함께 시간을 보내려고 노력했던 것 같아요.

결혼 후 아이를 키우고, 학부모 교육, 심리학 강의를 들었습니다. 대상관계이론과 인간발달과정에 대하여 배우면서 '애착'이라는 단어가 제 마음속에 깊숙이 파고들기 시작했지요. 숙모와의 애틋했던 추억들이 떠올랐습니다. 마치 판도라의 상자를 연 것처럼요.

어린 시절 느꼈던 외로움, 사랑받고 싶었던 간절한 마음들이 가슴 깊은 곳에서 다시 소용돌이쳤습니다. 숙모와의 애착 관계가 제 삶에 얼마나 깊고 큰 영향을 주었는지 깨닫게 되는 배움의 시간이었습니다.

유년 시절에서 비롯한 뿌리 깊은 외로움과 인정 욕구는, 성인이 된 후에도 때때로 불안하고 집착적인 행동과 패턴을 만들기도 했습니다. 타인과의 관계에서 미숙하고 서툰 모습을 보이기도 했었습니다. 인정받고 사랑받기 위해서는 맡겨진 일은 무슨 일이 있어도 완벽하게 해내야 한다는 생각은 스스로를 숨 막히게 했지만, 역설적이게도 사회기능의 역할을 만들 수 있었습니다.

불혹이라는 마흔을 지나 사십 대 후반이 되어서야 비로소, 어린 시절 숙모와의 관계에서 싹튼 애착이라는 감정을 온전히 마주하게 되었습니다. 그늘 속에 숨겨져 있던 외로움과 인정받고 싶었던 어린아이의 모습을, 이제는 애써 억누르거나 부정하지 않고 따뜻하게 보듬어 안아주려 합니다. 심리학을 공부하기 전까지는 내면에 깊이 뿌리박힌 감정과 자아의 모습을 알아차리기가 쉽지 않았습니다. 어린 시절의 상처와 마주하는 일은 마치 오래된 서랍을 여는 것처럼 두렵고 망설여졌지요. 하지만 마음속 깊이 숨겨두었던 감정들을 하나둘 꺼내어 보니, 신기하게도 오랫동안 짊어졌던 무거운 짐을 내려놓은 듯 마음이 한결 가벼워집니다..

2023년 추석, 코로나 팬데믹으로 미뤄왔던 숙모님과 만나기 위해 떨리는 마음으로 전화기를 들었습니다. 수화기 너머로 들려오는 숙모의 정겨운 부산 사투리는, 마치 오래된 보석함을 조심스레 여는 것처럼 잊고 있던 추억들을 하나둘 끄집어냈습니다.

늦가을의 쌀쌀한 바람이 부는 오후, 숙모와 함께 동네 공원을 거닐며 수십 년간 못다 한 이야기들을 조곤조곤 나누었습니다. 떨리는 목소리로 꺼낸 어린 시절의 이야기는, 마치 오래된 일기장을 펼쳐 읽는 것처럼 가슴 한편을 먹먹하게 했습니다.

"숙모, 제가 어릴 때 왜 그렇게 숙모만 찾고 울었는지, 이제야 알 것 같아요. 제가 얼마나 숙모를 좋아했는지… 숙모 딸 하고 싶을 정도로…"

숙모는 주름진 손으로 제 손을 포근히 감싸 쥐시며 말씀하셨습니다. "아이고, 야야, 네가 어릴 때 그리도 울어서 나도 맘이 참 아팠다. 큰형님도 일하시느라 얼마나 고생을 많이 했잖아, 벌써 우리 이래 같이 늙어 가네…" 숙모의 눈가에 맺힌 눈물이 가을 햇살에 반짝였습니다. 가슴 한구석에 따스한 온기가 머무는 것을 느낍니다. 마치 오래된 앨범 속 바래진 사진을 들여다보듯, 그 시절의 기억들이 편안한 추억으로 자리 잡았습니다.

"숙모, 잘 지내시죠? 요즘 건강은 어떠세요?" 수화기 너머로 들려오는 숙모의 정겨운 사투리를 들으며 어린 시절의 그 애틋했던 그리움이, 이제는 성숙한 사랑과 감사함으로 자라났다는 것을. 그리고 그 과정에서 저 역시 한 뼘 더 성장했다는 것을요.

상처는 완전히 지워지는 것이 아니라, 그 흔적을 있는 그대로 받아들이고 그것과 함께 살아가는 법을 배우는 것. 시간은 비록 과거를 바꾸지는 못했지만, 그것을 바라보는 우리의 눈빛을 조금 더 너그럽고 따뜻하게 만들어주었나 봅니다. 이것이 치유가 아닐까요?

조금은 알겠습니다. 삶이란, 완벽한 치유를 이루는 것이 아니라 상처와 함께 조금씩 성장해가는 여정임을. 그 여정에서 만나는 따뜻한 위로와 이해가, 우리를 한 걸음 더 앞으로 나아가게 하는 힘이 된다는 것을요. 어린 시절 숙모를 향한 그리움과 외로움이 있었기에, 숙모와의 재회는 단순한 만남이 아닌, 제 삶의 퍼즐을 완성하는 소중한 조각이 되어주었습니다.

어린 시절의 나에게도, 현재의 나에게도 건네는 따뜻한 위로가 앞으로도 계속될 성장의 여정에 든든한 동반자가 되어줄 것입니다.

성찰하는 삶은 아름답다

주순영

이른 아침 고요하게 나무들이 우거진 숲길을 걷는다. 시간이
나면 편안하게 찾는 곳이다. 나지막한 산길을 걸으며 나 자신과
대화를 나눈다. 나만의 케렌시아 장소이다. 케렌시아는 스페인의
투우 경기장에서 투우사와 마지막 결전을 앞두고 소가 잠시 쉬
는 곳을 의미한다. 우리도 일상에서 지친 마음의 휴식처가 필요
하다.

산길을 걸으며 삶과 죽음을 생각한다. 삶과 죽음은 종이 한 장
차이라는 말이 있다. 세상에 태어나면 누구나 죽음은 필연이다.
그래서 삶과 죽음은 동전의 앞뒤 면과 같다. 죽음은 인생의 유한
성을 상기시킨다. 사람은 생애에 대한 애착을 가지고 있다. 얼마
전까지 웰빙(well-being)과 웰다잉(well-dying)이라는 말이 회자했
었다. 잘 사는 것은 곧 '잘 죽는 것'을 의미한다. 그런 의미에서 인

간은 자신의 미래에 대한 호기심이 있다.

2년 전, 난생처음 사주로 유명하다는 곳을 찾아갔다. 미래에 대해 알고자 하는 마음에 발걸음 재촉했다. 사주는 생년월일과 태어난 시간을 기초로 풀이했다. 하지만 사주가 같아도 각기 다른 인생을 사는 걸 보면 무슨 의미가 있을까 하면서도 유명하다는 말에 마음이 솔깃했다. 사주로 풀어낸 과거의 일은 대체로 맞는 부분이 있었다. 그래서 혹시 미래도 맞지 않을까 하는 생각이 들었다. 역술가는 충격적인 말을 했다. '75세에서 76세 사이에 죽음의 고비가 온다'고 한다. 나는 죽음이 아직 멀리 있다고 생각하며 살아왔다. 그 말을 듣자 순간 머리가 하얘졌다. 인생이 갑자기 허망하다는 생각이 들었다. 장수 시대에 대한 염려는 내겐 무의미해졌다. 역술인의 말을 듣고 며칠 동안 우울했다. 차라리 모르고 사는 것이 나을 뻔했다는 생각이 들었다. 하지만,

'어차피 한 번 왔다 가는 인생, 만약 신이 내게 허락한 시간이 거기까지라면 앞으로 주어진 시간을 잘 살아야겠다'는 생각이 들었다. 생의 마지막을 생각할 때 삶은 비로소 시작된다는 말이 있다. 죽음이 가깝다는 말에 삶에 대한 태도에 대해 깊이 생각하는 계기가 되었다. 과연 잘 사는 것이 무엇일까.

잘 사는 삶이란, 감사하는 마음이다. 그리고 자족하며 의미를 부여하는 삶이라고 생각했다.

첫째는 '감사하는 삶'의 중요성을 깨달았다.

지금까지 함께했던 가족들이 새롭게 느껴졌다. 티격태격하면서 함께 살아온 남편이 고맙다. 각자의 삶에 분주하다 보니 잘 챙겨주지 못했다. 입 끝까지 맴돌았지만 사랑한다는 말은 서로 쉽게 하지 않았다. 나의 배움에 대한 욕구를 지지해 준 사람, 큰 수술을 할 때 곁에서 같이 아파했던 사람이다. 오랜 세월 가장으로 책임을 다하며 버팀목이 되어 주었다.

딸에게는 미안함이 있다. 왼손잡이 딸에게 오른손으로 글을 쓰도록 강요하고 혼내었다. 소지품을 잃어버리는 실수에도 부주의하다고 자주 야단치곤 했다. 상담공부를 시작한 이유 중 하나는 딸이 자신감을 잃어버린 듯하여 자책하며 시작되었다. 딸을 있는 그대로 수용하고 지지해주지 못한 엄마였다. 상담공부를 하면서 시간을 되돌리고 싶었다. 엄마의 잘못을 이해해 주기를 바라며 진심으로 사과했다.

"엄마도 엄마가 처음이라 어린 네 마음을 이해해 주지 못해서 미안해."

딸의 마음에 상처가 아물었는지 알 수 없다. 다만 이제는 한 아이의 엄마가 된 딸이 자식을 잘 양육하는 것을 보면 대견하고 고맙다. 둘째인 아들은 딸과 달리 시행착오를 덜 했다. 있는 그대로 수용해 주고 관대했던 것 같다. 그래서인지 아들은 자존감이 높고 자신과 타인을 배려하고 사랑할 줄 안다. 이렇듯 가족은 무한히 사랑하고 가꾸어야 할 소중한 존재이다.

둘째는 '자족하는 삶'이다. 타인과 비교하는 삶은 만족을 얻지 못한다. 사람들과 비교하다 보면 빨리 성공하고 싶은 욕심이 생긴다. 특히 가까운 사람에게 영향을 받는다. 남편의 가까운 지인 중에 사업하여 경제적으로 성공한 사람을 보면서 부러워했었다.

1998년도에 그 지인의 권유로 비닐하우스 채소 재배농장을 하게 되었다. 오천 평 땅에 비닐하우스 25동 농사였다. 아무런 준비 없이 막연하게 잘 되겠지 하는 생각으로 시작했다. 때마침 외환위기로 IMF가 터졌다. 고금리로 빚더미에 앉기에 충분했다. 남편은 직장생활과 농장 일까지 병행하는 것은 무리였다. 아무런 준비 없이 시작한 사업이 잘되었을 리가 만무했다. 욕심으로 시작한 농장은 4년 동안 빚을 2억 정도 남겼다. 빚을 갚아가는 데 10년의 시간이 걸렸다. 우리 부부는 몸과 마음이 지쳐갔다. 그때 깨달았다. 남과 비교하며 빠르게 부자가 되거나 성공하고자 하는 것은 재앙이라는 것을.

재산이 풍족하지 않아도 자족하는 삶이야말로 잘 사는 것이다. 소박하게 살되 가진 것에 감사하는 마음이다. 비교하는 삶에는 결코 만족함이 없다. 노력하여 얻어진 만큼 누리는 것이 진정으로 행복한 삶이다.

셋째는 '의미 있는 삶'이다. 사람마다 생각하는 가치가 다르기 때문에 일률적으로 말할 수는 없다. 사람마다 삶의 가치와 의미는 다를 것이다. 내가 생각하는 의미 있는 삶은 성찰하는 삶이다. 변화하는 자연을 누리며 때때로 책을 가까이하고 사색하는 삶이다.

등산하다 보면 높은 산등성이와 가파른 바위와 깊은 골짜기도 나타난다. 인생이라는 여정에도 크고 작은 일들이 예상치 않게 발생한다. 현실에서 맞닥뜨린 고난은 그 순간에는 고통스럽다. 천둥과 번개 속에 잘 익은 과일처럼 시간이 지나면서 내적인 깨달음의 유익함이 있다. 인생에서 누구도 고난과 불행을 피해 갈 수 있는 사람은 없다.

"아모르파티"

라틴어에서 유래된 말이다. '내 운명을 사랑하라'라는 뜻이다. 나는 이 말의 뜻을 내 삶에서 일어나는 모든 일에 의미를 부여하라는 말로 받아들였다.

5, 6년 전 큰오빠와 작은오빠가 연이어 하늘의 별이 되었다. 대장암으로 판명되고 여러 번의 항암치료와 수술을 했다. 둘째 오빠도 같은 질병으로 우리 곁을 서둘러 떠났다. 생의 마지막을 마주하는 모습에서 허무함을 느꼈다. 자신의 사명을 다하고 떠나는 낙엽처럼 쓸쓸했다.

빈손으로 가는 인생, 살면서 받은 것이 얼마나 많은지 헤아려 보라. 감사와 자족은 마음을 풍요롭게 한다. 경쟁하고 비교하지 않는 삶은 평온한 강물처럼 흘러간다. 남과 비교가 아니라 어제의 나와 비교하는 삶은 오늘을 충실하게 가꾸고자 한다. 성찰하

는 삶은 죽음이 가까이 있음을 기억한다. 지금 여기에서의 만남
과 시간의 소중함을 아는 것이다. 이렇듯 삶의 의미를 찾아가는
과정은 더욱 아름답다.

부정했던 감정, 나를 일으키다

☺ ～～～～～～～～～～～～～～～～～～～～～～ ◉◉

한원건

나는 '좋은 게 좋은 거지'라는 말과 '착한아이'라는 칭찬을 참 좋아했다. 불편한 감정을 느낄 때도 '좋은 게 좋은 거지', '나만 참으면 돼'라는 태도로 살았다. 그런 태도는 불편함을 잠시 잊게 했다. 그렇지만 문제는 해결되지 않았다. 불편한 마음은 계속되었고, 상황을 악화시키기도 했다. 내 욕구와 감정은 항상 뒷전이었다. 이런 모습은 취업 후 직장에서도 반복되었다.

2015년 대학 졸업 후 정신병원에서 1년 동안 정신건강사회복지사가 되기 위해 수련을 받았다. 수련 후 자격을 활용할 수 있는 직장에 취업했다. 첫 직장은 정신건강복지센터였다. 그곳에서 나는 정신장애인을 상담하고 취업을 지원하는 일을 했다. 취업하면 행복할 것이라는 기대는 1달도 되지 않아 사라졌다. 일은 생각보다 힘들었고, 업무 환경도 좋지 않았다. 직장에서 경험하는 불편한 감정으로부터 도망가기 위해 폭식과 폭음을 반복했다. 그렇게 쌓이던 피로감으로 인해 태어나 처음으로 지각을 했다. 그 후 문제 직원으로 낙인이 찍혔다. 업무 시 사소한 실수에도 지각에 대해 이야기하며 나의 성실성과 역량을 평가했다. 수치스러웠다. 팀장 외 모두 팀원이었음에도 눈에 보이지 않는 직급이 존재했다. 나이와 성별을 핑계로 힘을 쓰거나 운전하는 업무는 모두 내 차지였다. 감사를 앞두고 친했던 선임의 업무를 돕다가 우연히 업무용 메신저를 보게 되었다. 선임들만 있던 채팅방에는 나와 다른 동료에 대한 조롱과 비난이 가득했다. 함께 일하던 사람을 믿을 수 없었고 혼란스러웠다. 그러면서도 외톨이가 될까 그들에게 잘 보이려고 애를 썼다. 내가 참으면 괜찮아질 줄 알았다. 상황은 개선되지 않았고, 억울함과 소진으로 첫 직장을 1년 5개월 만에 떠났다.

퇴사 전 모든 문제는 직장 때문이라고 생각했다. '공기업에 가면 다를 거야'라는 막연한 환상을 가지고 입사를 준비했다. 5개월 가까이 주경야독해 2016년 7월 법무부 소속 공기업에 입사했다. 그 공기업은 출소자와 보호관찰대상자의 사회 복귀를 돕는 곳이었다. 공단의 조직문화는 매우 보수적이었고, 경직되어 있었다. 지원하는 내담자들에 대한 사회적 낙인으로 인해 예산과 인프라가 부족했다. 그래서 부족한 예산을 충당하기 위해 직원들이 골프대회, 합동결혼식 등의 행사를 계획하고 진행했다. 그리고 출소자들의 취업률과 고용률을 높이기 위해 중소기업 사장을 만나 접대를 했다. 또한, 발찌나 신상 공개 등으로 갈 곳이 없는 대상자들이 지내는 숙소를 운영하기 위해 남자 직원들이 돌아가면서 당직근무를 했다. 적으면 주 1회, 많으면 주 2회씩 하루 3만 원에 젊음을 팔았다. 당직 후 오전 시간 퇴근은 이런저런 핑계로 잘 지켜지지 않았다. 그리고 그곳에서 생활하는 대상자들은 약속된 규칙을 잘 지키지 않았다. 무료로 그곳에서 생활함에도 이런저런 불만이 많았다. 그곳에서 근무하며 가장 힘들었던 건, 불합리한 상황에 대해 불편함이나 힘듦을 이야기할 곳이 없다는 것이었다. 높은 경쟁률을 뚫고 12명의 동기와 함께 근무를 시작하게 되었지만, 매달 한두명 씩 퇴사하는 일이 반복되었다. 잦은 회식도 힘들었다. 직원 중 누군가 억울하게 민원을 받게 되면 직원 모두가 함께 회식했다. 또한 직원 중 누군가 가정 내 문제로 힘들어할 때면 위로라는 명목으로 또 함께 회식을 했다. 회식 참여는 자유인 것처럼 보였지만, 원활한 업무 협조와 좋은 인사 평가를 받기 위해서는 필수였다. 잦은 회식과 만취가 그곳의 위로이자 격려였다. 주 3회 이상 반복되는 회식으로 인해 입사 후 1년 만에 몸무게가 10kg 이상 늘었다. 힘들게 입사한 곳에서 인정받고 싶었고, 잘 지내고 싶었다. 그래서 기관장이 원하는 가족 같은 분위기에 적응하려고 노력했다. 그러다 보니 회식에 빠지지 않고 참여하고 있었다. 회식 중 필름이 끊어질 정도로 술을 마시는 날이 늘어날수록 점점 몸과 마음은 피폐해졌다. 공기업에서 만났던 내담자들은 재판 후 처벌을 받은 사람들이었다. 상담실에서 만난 그들은 약속이나 한 듯 끊임없이 억울함을 호소했다. 때로는 피해자를 비난하기도 했다. 이런 상황이 반복되자 내담자를 공감할 수 없었고, 회의감이 들었다. '이 사람들을 무엇 때문에 도와야 하지?'라는 생각이 머릿속을 떠나지 않았다. 이런 고민을 선임들에게 이야기했으나 돌아오는 것은 회식 자리였다. 그곳에서 지냈던 1년 9개월 동안 매일 도망치고 싶었다. 그러나 공기업이라는 '간판' 때문에 그만둘 수 없었다. 이러지도 저러지도 못하고 혼란스러움을 느끼던 중 친한 동기가 말없이 퇴사하는 일이 생겼다. 다른 동기와 연락 하던 중 퇴사의 원인이 성희롱 피해였음을 알게 되었다. 동기의 퇴사 후에도 사건에 대한 소문은 왜곡되고 확대되었다. 명백한 2차 가해였다. 회식 때마다 안주처럼 누군가의 아픔과 상처를 이야기하는 게 역겨웠다. 퇴사한 동기에게 이 사실을 알렸고, 동기의 신고로 상급기관의 조사와 징계가 이루어졌다. 관련자들은 처벌을 받았고, 그렇게 잔인했던 2차 가해가 멈췄다. 조사 과정에서 내가 2차 가해사실을 피해자에게 전달했음이 알려졌다. 그렇게 나는 내부고발자가 되었고 따돌림을 당했다. 너무 억울하고 화가 났다. 잠이 오지 않았고, 매일 출근길이 지옥 같았다. 혼란스럽고 괴로웠다. 너무나 억울하고 속상했지만 표현하지 못했다. 빨리 벗어나고 싶다는 마음에 퇴사가 답이라고 생각했다. 그래서 타 공기업 입사 지원 후 충동적으로 사직서를 제출했다. 어리석게도 지원한 공기업에 당연히 합격할거라 믿었다. 너무나 간절했고, 기관에서 우대하는 자격과 경력을 모두 가지고 있었다. 면접도 잘 봤고 면접관의 반응도 좋았다. 하지만 합격자 발표 당일, 불합격 소식을 들었다. 순간 머릿속이 하얘졌다. 절망감이 몰려왔다. 결혼을 7개월 앞두고 갑자기 백수가 되었다.

주변 시선이 두려웠다. 가족들에게는 아무렇지 않은 척 "공무원 시험을 준비하겠다"라고 이야기했다. 그건 나와 가족을 안심시키기 위한 거짓말이었다. 퇴사 후 한 달은 너무 자유로웠다. 얼마 지나지 않아 막연한 두려움과 현실이 짓눌렀다. 비싼 돈을 내고 인터넷 강의를 수강했지만, 무엇에도 집중할 수 없었다. 조급함과 불안함에 손에 피가 날 정도로 물어뜯었다. 충동적인 퇴사로 인생이 끝난 것 같았고, 그런 선택을 했던 나를 용서할 수 없었다. 매일 아침 독서실에 갔으나, 마음은 전혀 다른 곳에 있었다. 자리에 앉아 있는 게 힘들어 무작정 거리를 걸었다. 거리를 걸을 때면 나도 모르게 눈물이 계속 흘렀다.

'나는 이제 쓸모없는 존재인가?', '나는 구제 불능인가?', '무엇 때문에 이런 선택을 했을까?'

오랜 기간 고민했지만, 쉽사리 답을 찾을 수 없었다. 절망감과 혼란스러움, 불면증에 시달리던 나는 모든 걸 끝내고 싶은 마음이 점점 커졌다. 자괴감이 극에 다다른 그 날 새벽, 거실 창문을 열고 삶과 죽음을 고민했다.

'이제 더는 살아갈 이유가 없지 않을까?', '이렇게 더 살아서 뭐해?', '이렇게 끝내는 게 맞을까?'

밤새 고민하던 나의 마음에 태양과 함께 부모님과 아내가 떠올랐다. 그렇게 겨우 삶을 붙잡을 수 있었다. 나는 살고 싶었고, 도움이 필요했다. 다음날 처음으로 용기를 내어 아내에게 마음을 솔직하게 털어놓았다. 정신과 간호사였던 아내는 이야기를 묵묵히 들어주었다. 혼란스럽고 복잡한 감정을 인정하고 이해해 주었다. 그 순간 삶에서 처음으로 감정을 이해받고 수용되는 경험을 했다. 생각보다 따뜻했다. 그리고 치유되는 느낌이었다. 이후에도 아내는 내가 회복할 수 있도록 진심으로 돌봐주었다. 덕분에 깊은 우울의 터널에서 희망으로 걸어 나올 수 있었다.

지옥 같았던 6개월을 지나 새로운 직장에 취업했다. 하지만 불안과 우울감은 여전했다. 새로운 직장의 동료는 6년 이상의 경력자들이었다. 함께 업무나 회의를 할 때면 그들과 나를 끊임 없이 비교했다. 스스로가 너무나 부족하고 초라하게 느껴졌다. 내담자를 만날 때면 '나 말고 경력이 많은 다른 상담사를 만났다면 더 도움이 될 텐데' 하는 미안함을 느꼈다. 출근길이 두려웠고, 다시 죽고 싶은 생각이 들었다. 변화를 알아차린 아내는 상담을 권유했다. 처음에는 내 상황을 부정했다. 압박감으로 회의시간에 말이 나오지 않는 증상이 나타났다. 결국 상담을 시작했다. 내담자로서 상담실에 방문하는 것은 너무나 힘들고 어려운 일이었다. 상담사를 신뢰하기까지 많은 시간이 걸렸다. 그렇게 2년 동안, 주 1회씩 상담을 받았다. 그동안 억누르고 회피해왔던 감정을 마주하게 되었다. 상담에서 감정을 건강하게 표현하고 해소하는 법도 배웠다. 용기를 내어 상담에서 배우고 느낀 것을 실천했다. 그러자 조금씩 자신감이 생겼다. 아내와의 관계도 의사소통도 원만해졌다. 그리고 감정의 중요한 3가지 기능과 역할을 알게 되었다.

첫 번째는 감정은 나를 보호하고 돕는 기능을 한다.

두 번째는 감정을 인정하는 것은 스스로를 믿는 첫걸음이었다.

세 번째는 감정과 대화를 시작해야 내가 진심으로 원하는 것을 찾을 수 있다.

그래서 나는 감정을 회피하거나 부정하지 않는다. 그리고 감정을 인정하고 마주한다.

3장

흔들리는 감정, 뿌리를 내리다

마음의 닻을 내립니다

강명경

감정을 적당히 표현하며 사는 줄 알았습니다. 기쁜 일을 알리면 자랑하고 싶어하거나 겸손하지 못한 것 같고, 슬픔을 드러내면 약해 보일 것 같았어요. 어쩌면 성숙하게 보이고 싶어서 솔직한 마음을 숨겼는지도 모르겠어요. 감정을 절제하는 줄 알았는데 억압이었던 것 같습니다. 화가 났을 때 티 내지 않고 침착하게 대응하는 줄 알았지만 상황에 따라 표현하는 행동이 달랐어요. 남들이 실수하면 '사람이니까 그럴 수 있지'라고 관대하면서, 제가 실수하는 건 바보같이 느껴집니다. 속상하고 답답한 마음에 '조심 좀 하지. 한 번 더 확인해 볼걸' 후회합니다. '사회에서 요구하는 틀에 맞춰 노력할 때와 내 안에서 느껴지는 솔직한 마음이 다를 때, 어떤 게 진짜 나일까?' 스스로를 속이고 있는 것 같아서 혼란스럽습니다.

'나는 이중적인 사람이 아닐까?'라는 고민을 할 때가 있습니다. 언제 어디서나 '나는 원래 이런 사람이야' 태도로 일관하는 건 융통성이 부족해 보입니다. 그렇다고 매번 상황마다 다르게 행동하면 속을 알 수 없거나 줏대 없어 보이기도 해요. 친구 나정이와 쇼핑하러 간 적이 있습니다. 마음에 드는 옷을 찾았는지, 피팅룸에 들어갑니다. 저를 부르고는 "이거 봐봐. 나한테 잘 어울려?"라며 묻습니다. 평소에 안 입던 스타일이라 그런지 어색해 보여서 다른 걸 골라보라고 하고 싶지만, 나정이는 거울 앞에서 옷태를 확인하며 싱글벙글입니다. 표정을 보니 마음에 들어 하는 것 같습니다. 기분 좋게 쇼핑하러 왔으니 잘 어울린다고 말해줍니다. 같이 있는 내내 새 옷을 입은 나정이는 기분이 좋아 보여요. 솔직하게 표현하는 걸 선호하지만, 이번에는 거짓말을 한 것 같아 왠지 불편합니다.

고등학교 때 친구들과 야간자율학습시간에 간식을 먹으면서 솔직함에 대해 수다를 떨었던 적이 있습니다. 학교를 졸업하고 사회생활하는 걸 상상하면서 상사의 비위를 맞추려고 앞뒤가 다르게 행동하는 사람을 이해하지 못했어요. "겉모습과 속마음이 다르면 그 사람을 속이는 거잖아. 솔직하지 못한 거지"라며 우리는 어른이 되면 비겁하게 살지 않겠다고 다짐했습니다. 누군가에게 잘 보이려고 아양을 떨면서 뒤에서는 아무렇지 않게 욕하는 건

못된 행동이라고 생각했죠.

10년도 더 된 일이네요. 처음으로 집단상담을 참여했던 때가 떠오릅니다. '한번 가 볼까' 하는 마음으로 가보니 낯설고 어색합니다. 혹시라도 나의 부족한 모습이 드러나면 이상하게 보지 않을까 걱정입니다. 처음 보는 사람들 앞에서 지극히 사적인 이슈들을 나누는 것이 부담스러웠어요. 마음속 이야기를 꺼낼까 말까 고민하느라고 다른 사람들이 말을 할 땐 집중도 어려웠고요. '내가 이 얘기를 하면 되바라졌다고 욕하진 않을까', '이 정도의 힘든 것을 이야기해도 괜찮나', '내가 말로 잘 전달할 수 있을까' 등 여러 고민으로 망설였죠.

머릿속으로 시뮬레이션을 여러 번 그려본 다음에야 용기를 내어 이야기를 입 밖으로 꺼냈는데, 뒤죽박죽 말이 튀어나왔어요. 무슨 말을 했는지도 모르겠고 창피했어요. 주변을 보니 집단원들은 저의 이야기에 진심으로 귀를 기울이고 있었습니다. 예상과는 달리 따뜻한 눈빛, 공감과 지지를 받았어요. 그 순간 무거운 부담감은 가벼워지고 안도감이 듭니다. 꽁꽁 숨기고 참아냈던 상처받은 이야기, 서럽고 억울하고 막막했던 심정을 여러 사람 앞에서 왈칵 쏟아내고 나니 시원합니다. 무엇보다도 "어떻게 그럴 수 있어! 나 같아도 화가 많이 났을 거야", "그걸 어떻게 참았어. 많이 억울하고 속상했겠다"라며 진심으로 저의 이야기에 공감과 위로를 건네주는 사람들이 있다는 것은 큰 힘이 되었어요. 그제야 다른 사람들의 삶 이야기가 귀에 들어옵니다. 다들 겉으로는 괜찮아 보였지만, 각자의 삶에 어려움이 있었어요. '나 혼자만 이런 일을 겪은 게 아니구나' 동질감이 느껴지고, 보이지 않는 연결고리가 있는 것 같았어요. 감정을 억누르며 사는 것만이 해결책은 아니라는 것도 깨닫습니다.

감정을 바라보는 연습을 시작했다고 해서 오래된 습관을 바꾸는 일은 생각만큼 쉽지 않았습니다. 예상치 못한 상황에서 격해질 때면 다시 몸이 긴장되었고요. 어떤 날은 사소한 일에도 불쑥 화가 나기도 했어요. 화난 마음이 고스란히 상대방에게 전달된 것이 성숙하지 못한 것 같다고 생각해 후회됐죠. 연습하는 데도 '됐어. 화나면 그냥 화나는 게 정상이지. 나도 사람인데. 감정을 어떻게 바라봐. 후… 성질나. 나도 모르겠다…' 하며 과거의 회피 패턴으로 돌아가려는 습관이 꽤나 답답했어요. 그럴 때마다 스스로를 비난하는 대신, 다시 부딪혀보기로 합니다. 감정을 잘 다룰 줄 아는 사람이고 싶었으니까요. 저를 힘들게 할 때 도망치지 않고 같이 살아가는 방법을 얻고 싶었어요.

감정은 억누를 대상이 아니라는 걸, 밀어내려 할수록 더 강하게 요동치는 경험을 하고 나서야 알았습니다. 수용하고 흘려보내야 했어요. 좋아하는 것을 찾는 것부터 했습니다. 미처 몰랐는데 늘 곁에서 살아있음을 느끼게 하고, 미소를 짓게 한 건 자연이었어요. 때가 되면 새싹이 올라와 봄이 오는 소식을 알려주고, 따뜻한 바람은 기분 좋은 하루를 시작하게 합니다. 해가 저물어갈 때쯤 노을로 붉게 물든 하늘을 보며 무사히 오늘을 잘 보낼 수 있음에 감사한 마음도 갖게 합니다. 그렇게 주변에서 말없이 함께해 주는 벗들을 보며 저를 만납니다. 그러면서 제가 느끼는 순간들을 거부하기보다는 인정하면서 작은 변화들이 생기기 시작했어요.

예전에는 누군가가 무심코 던진 말에 기분이 상하지만 참았습니다. 이제는 불편함이 느껴질 때 '왜 저 말이 나에게 거슬릴까?' 어떤 메시지를 주려는 건지 궁금해서 들여다봅니다. 감정이 흔들리는 순간은 언제나 찾아오지만, 이제는 무조건 밀어내지 않으려고 합니다. 부정하거나 억누르고 통제하는 것이 아니라, 있는 그대로 인정할 때에서야 더 이상 흔들리지 않는다는 걸 깨닫습니다. 나를 이해하는 중요한 도구가 된다는 걸 받아들입니다.

제 감정을 더 객관적으로 바라보고 인식하려고 노력 중이에요. 함께 살아가는 법을 배울 때 조금씩 더 단단해집니다. 비로소 균형을 찾을 수 있는 것 같아요. 그 속에서 중심을 잡고 자신을 지켜낼 힘을 키워갑니다. 감정과 친구가 되는 과정은 쉽지 않지만 그 여정을 통해 진정한 저를 만납니다.

혼란스러운 마음을 다스리는 걷기의 힘

김신미

마음이 혼란스러울 때, 나는 조용히 신발 끈을 조여 매고 걷기 시작한다. 심리상담사라고 해서 늘 평온한 것은 아니다. 오히려, 타인의 감정을 깊이 들여다보는 일이 많다 보니, 무거워진 마음을 비워야 할 때가 많다. 그런 날이면 상담실에 앉아도 집중이 되지 않는다. 머릿속이 엉켜 아무것도 손에 잡히지 않을 때, 나는 가볍게 걸어본다. 처음에는 천천히 걷다가 점차 빠른 걸음으로 속도를 높이면, 어느새 머리를 덮고 있던 안개가 걷히는 기분이 든다. 건강을 위해 시작한 걷기가 내 감정을 다스리는 특별한 시간이 되었음을 깨닫는 데는 오랜 시간이 걸리지 않았다. 부정적인 생각이 가득 찬 날에도 천천히 걷다 보면, 신기하게도 마음이 차츰 가라앉는다.

본격적으로 걷기에 관심을 가지게 된 계기는 2018년, 『걷는 사람, 하정우』라는 책을 읽고 나서였다. 배우 하정우는 하루의 시작과 끝을 걷기로 시작한다고 했다. 단순한 발걸음이지만, 그 안에서 행복을 찾는다고 말했다. 그의 이야기에 영감을 받아 출퇴근길에 걷기를 시도했다. 출근길에 20분 정도 여유가 있을 때면 한 정거장 먼저 내려 걸었다. 특히 신용산역에서 삼각지 방향으로 걷는 길을 좋아한다.

그 길을 따라 걷다 보면 계절마다 달라지는 정원의 풍경과 유려한 건축물을 감상할 수 있어 자연스럽게 마음이 가벼워진다. 처음에는 빠르게 도로를 따라 걸었지만, 어느 날부터는 작은 골목길로 들어서기도 했다. 오래된 건물과 새로운 가게들이 공존하는 용산의 골목은 마치 70~80년대의 따뜻한 감성을 품고 있는 듯하다. 몇 년 전 대통령실이 근처로 이전하면서 이곳은 '용리단길'로 불리며 활기를 띠기 시작했다. 퇴근길에 한 정거장 걷는 습관은 상담실에서 긴장된 채 보내던 시간을 해방시켜 주었다. 걷다 보면 가게 안에서 옹기종기 모여 이야기꽃을 피우는 사람들을 보며, 나도 모르게 미소 짓기도 한다.

출퇴근길 걷기가 습관이 되면서, 나는 걷기의 심리적 효과를 더욱 깊이 실감했다. 한 번은 힘든 당직 근무를 마친 후 마음을 정리할 시간이 필요했다. 그때 배우 하정우가 서울 도심을 장시간 걸어 출퇴근한다는 이야기가 떠올랐다. 나도 한 번 도전해 보고 싶어 삼각지역에서 친정엄마가 사는 당산동까지 걸어보기로 했다. 성인 걸음으로 3시간 이상 걸리는 거리였다.

삼각지역에서 출발해 한강대교를 건넜다. 출근길의 바쁜 사람들과 달리 여유롭게 걷다 보니 그동안 스쳐 지나쳤던 풍경이 새삼 눈에 들어왔다. 강을 따라 반짝이는 햇살, 바람에 흔들리는 나뭇잎, 달리기를 즐기는 사람들의 활기찬 모습까지. 한 걸음 한 걸음 내디딜 때마다 뺨에 스치는 강바람의 감촉이 달라졌다. 그 길을 걷다 문득 한밤중에 전화를 걸었던 병사가 떠올랐다. 자살 충동으로 한강 다리를 배회하던 그는 나와 한 시간가량 이야기를 나눈 끝에 가까스로 마음을 돌려 부대로 복귀했다. 그가 서성였던 곳이 이 다리의 한구석이 아니었을까. 걷는 동안 떠오르는 생각들은 때로는 무겁고 때로는 가볍게 스쳐 지나간다. 그렇게 나는 걸으면서 내담자의 아픔을 되새기고, 나 자신을 추슬렀다. 한강공원을 따라 걸으며 평화롭게 흐르는 강물을 바라보니, 몸과 마음이 한결 가벼워졌다.

코로나 시기에 접어들면서 걷기는 이전보다 더욱 소중한 습관이 되었다. 실내 운동이 어려워지자 많은 사람이 걷기 시작했고, 나 역시 이 흐름에 동참하며 더욱 열심히 걸었다. 걷기 앱을 설치하고 출퇴근길마다 걸으며, 쉬는 날이면 호수 공원이나 운동장을 찾았다. 인상적인 풍경과 걸음 수를 인스타그램에 기록하며 작은 동기 부여로 삼았다. 걷기의 가장 큰 장점은 특별한 준비가 필요 없다는 것이다. 운동화 한 켤레만 있으면 충분하다. 시간이 부족할 때는 틈새 시간에 10분이라도 걸었다. 중요한 것은 단순히 걷는 것이 아니라 그 순간 내 신체 감각을 깨우고 감정에 귀 기울이는 일이었다. 마치 오래된 친구와 조용히 대화를 나누듯, 천천히 내 마음을 들여다보는 것. 기분이 가라앉을 때, 이유 모를 불안감이 밀려올 때, 화가 치밀어 오를 때 나는 그렇게 걷기 시작했다.

어느 날, 직장에서 감정적으로 힘든 하루를 보냈다. 한 내담자가 유서를 남기고 자살시도를 하기 전에 전화를 걸어왔다. 극심한 정신적 고통 속에서 자해와 자살 충동을 반복하는 내담자였다. 나는 통화하는 내내 극도의 긴장 속에서 그의 이야기를 들었다. 다행히 경찰의 도움으로 무사히 귀가할 수 있었지만, 그의 절규가 내 안에 깊이 스며들었다. 퇴근 시간이 되었지만, 그의 통곡이 머릿속에서 좀처럼 떠나지 않았다. 바로 이런 순간, 걷기는 나에게 가장 필요한 치유법이 되었다. 집으로 향하는 길, 버스 정류장에 내려 집에 들어가지 않고 인근 호수 공원으로 발걸음을 돌렸다. 처음엔 여전히 무겁고 답답한 마음이었다. 하지만 한 걸음, 또 한 걸음 내딛을수록 그 무게가 조금씩 풀어지기 시작했다. 호수가 내려다보이는 데크를 따라 천천히 걸었다. 문득 수면 위로 반짝이는 햇살이 눈에 들어왔다. 잔잔한 물결 위로 퍼지는 금빛 파동이 마치 내 마음을 어루만지는 듯했다. 그렇게 걸으며 나는 스스로

에게 속삭였다. '고생했어. 네가 할 수 있는 최선을 다했잖아.'

걷기는 단순한 신체 활동을 넘어 우리의 마음을 정화하는 과정이다. 한 걸음 한 걸음이 모여 내면의 혼란을 정리하고, 새로운 통찰을 얻게 한다. 걷는 동안 우리는 숨을 고르고, 생각을 정리하며, 때로는 스스로와의 대화를 통해 내면의 평화를 찾아간다.

혹시 당신의 마음이 복잡하다면, 잠시 신발 끈을 묶고 걸어보는 건 어떨까? 목적지도 속도도 중요하지 않다. 그저 한 걸음, 한 걸음 내디디다 보면 어느 순간 마음이 조금 더 선명해질지도 모른다. 지금 마음이 흔들린다면 걸어보길 바란다. 길 위에서 마주하는 바람, 햇살, 나무 그리고 익숙한 거리의 풍경이 당신에게도 위로가 되어줄 것이다. 걷는 동안 우리는 지나온 길을 돌아보고, 앞으로 나아갈 길을 생각한다. 그 과정에서 자연스럽게 내면의 소리에 귀 기울이게 된다. 당신의 첫걸음이 시작되는 순간, 이미 치유는 시작된 것이다.

성공이 준 실패, 실패로 얻은 재산

박선영

번아웃(Burn-out, 소진)은 익숙한데 보어아웃(Bore-out, 의욕상실)은 생소하다. 기전과 치유법은 다르지만 증상은 비슷하다. 무력감과 우울을 동반하고, 스트레스에 취약하다. 보어아웃은 일상의 지루함과 단조로운 일의 반복으로 의욕이 상실된 상태를 의미한다. 쉽게 말해 일상이 권태다. 20여 년 운영하던 상담실을 2023년에 폐업신고했다. 일이 사라진 일상은 무료했다.

사회복지사 구직 사이트, 고용노동부 구직 사이트에서 일자리를 검색했다. 구인 업체는 많았다. 여러 조건이 있었다. '성실한 분 우대합니다'라는 문구가 눈에 띄었다. 사회복지사 1급 자격증이 있고 성실성이라면 남에게 뒤지지 않았다. 20년을 같은 직종에 근무했으니 이만하면 성실하지 아니한가!. '신체 건강한 자'라는 조건에서는 망설여졌다. 감정은 널을 뛰고 있고, 관절은 아프고 무엇보다 눈이 침침했다. 재취업을 위해 건강한 신체도 준비가 필요하다는 생각이 들었다. 운동을 시작했다. 새벽과 늦은 저녁 시간에 걷는 운동에서 강도 있는 운동이 필요했다. 헬스장에 등록했다. 아파트 단지 내 헬스장이지만 유산소 운동 기구와 근력 운동 기구도 구비되어 있었다. 주 3회 루틴으로 운동을 했다. 시력 교정술도 받았다. 노안이 40대 초반에 왔다. 그때는 라식이나 라섹을 알아봤는데 노안이 점점 심해지기 때문에 진행중인 노안은 수술을 해도 의미가 없다고 했다. 노안이 더 심해지면 노안시력 교정술을 생각해 보라는 의사의 권유가 있었다. 무엇을 하든, 어떤 일을 하든 문자와 서류를 보는 일은 빠질 수 없다고 생각했다. 책이나 문서를 잘 읽고, 잘 볼 수 있다면 이것 또한 큰 장점일 것이다. 2024년 1월에 노안시력 교정수술을 받았다. 안경을 벗고 책을 읽을 수 있어서 좋았고 야간 운전도 편해졌다.

열심히 하면 성공할 수 있다고 학창 시절에 배웠다. 성인이 되어서도 성실과 인내심으로 성공하는 사람들을 보기도 했다. 내가 증인이기도 했다. 30대에 늦깎이 편입 대학생으로 시작해서 석사를 마쳤고 박사는 수료다. 그 사이에 결혼하고 아이를 낳고 키웠다. 강의와 상담실을 운영하면서 외부 기관과의 연계 사업과 강연도 쉬지 않았다. 성공한 삶이었다. 열심히 해서 얻은 성취와 성공이었다. 그래서 재취업도 성공할 수 있다고 믿었다. 사회복지사 1급 자격증과 강의 이력, 상담 이력을 장점으로 취업사이트에 이력서를 올리기도 하고, 구인 업체에 이메일로 지원서를 보내는 노력도 했다. 퇴직 후 50일, 100일이 지나도 합격으로 돌아오는 결과가 없었다. 마음이 조급해졌다. '시내권이라 중장년 취업이 어려운가?'라는 생각이 들었다. 고민 끝에 시내권에서 1시간 운전해서 출퇴근 할 수 있는 군 단위 사회복지 기관에도 이력서를 지원했다. 합격자 발표 기간이 지나도 소식이 없었다. 이메일을 보냈다.

"안녕하세요. 귀 기관의 지원자 ○○○입니다. 제가 떨어진 이유를 듣고 싶습니다. 저는 계속 구직 활동을 할 건데 무엇이 부족한지, 어떤 점을 보강해야 하는지 조언을 듣고 싶어요."

대답은 단순했다.

"경력이 너무 좋아요. 우리 기관에서는 부담스러운 경력입니다."

경력이 도움이 될 거라고 생각했는데 오히려 독이 되다니. 경력은 줄이고 최소 학력을 적어서 다시 타 기관에 지원했지만 결과는 같았다. 나이가 많은 게 이유라면 이유였다.

긍정으로 일상을 보려고 해도 마음은 두더지처럼 굴을 파고 있었다. 경험을 살리고 싶었다. 경험은 보이지 않는 최고의 재산이 아니던가! 나만의 경험을 재산으로 만들어야 하는 숙제가 생긴 것이다. '살아 내야' 하는 게 무거운 숙제라면 '살아볼 만한 일'을 만드는 것은 해 볼 만했다. 일상에서 할 수 있는 일을 찾아야 했다.

새벽독서 팀 '필소굿' 리더에게 연락했다. 코비드 19가 창궐하던 시기, 온라인 독서모임이 활성화되어 있었다. 온라인(zoom)으로 연결되는 영역은 넓었다. 상담도 온라인으로 하던 시절이다. 코비드 19시절, 독서는 목적이 아닌 필요에 의한 선택이었다. 루틴을 만들기에 적당했다.

"재가입도 받아주시나요?"

독서는 이른 시간에 시작했다. 새벽 6시 20분부터 7시 20분까지 한 시간 독서다. 제목만 알고 있던 책을 완독할 수 있었다. 민음사에서 발행한 5권으로 구성된 빅토르 위고의 『레 미제라블』을 읽을 때는 스스로 대견했다. 미겔 데 세르반테스의 '돈키호테'를 정독할 때는 희열이 일었다. 캐릭터의 심리 변화를 글로 읽을 수 있어서 반가웠다. 상담하면서 코멘트가 막막할 때가 있었는데 책에서 발견하는 문장은 충분한 답이 되었다. 명작의 위엄을 느끼기에 충분했다. 스티븐 핑거의 『지금 다시 계몽』을 읽을 때는 '이렇게 이과적 성향이 있었어?'라고 생각할 정도로 평소와는 다른 분야의 독서에 재미를 느끼면서 흥분하기도 했다. 팀 독서의 경험에서 자신감에 생겼다. 책 고르는 안목과 독서 후기를 남기는 방법을 배웠다. 혼자서 독서를 시도했다. 라니 에르노의 책을 읽고 한 줄 감상을 적었다. 7천여 명의 회원이 있는 독서 밴드에서의 반응이 괜찮았다. 감상을 올릴 때마다 반응이 좋은 것은 아니었다. 그래도 책을 읽고 기록을 올리는 것을 게을리하지 않았다. 반응은 점점 줄었다. 혼자 읽다 보니 독서 속도가 느려지고 완독하는 책도 줄었다. 병렬식 독서로 오히려 독서 기록을 올리는 게 더 어려웠다. 독서만큼은 혼자 잘하는 수준이 안 된다는 사실을 받아들여야 했다. 필소굿 멤버와 함께 해서 가능했던 완독과 정독이었다. 거창하게 '공동체'라는 단어를 쓰지 않아도 함께 할 때 시너지 효과가 일어난다는 것을 경험으로 배웠다. 재산이 한 개 늘어난 셈이다.

고3인 딸의 일상을 돕기 위해 자의 반 타의 반 '라이더 엄마'를 선택했다. 등하교는 기본이고 주말에는 하루에 두 번 움직일 때도 있다. 차에서 할 수 있는 최고의 취미는 라디오를 즐기는 일이다.

"지루할 때마다 연습했어요. 같은 악보로 하는 연주지만 무대에 오를 때마다 새로운 느낌으로 연주해요. 창조자가 되는 셈이죠. 연주자의 운명입니다."

며칠 전 KBS Classic FM 라디오 디제이가 읽어준 사연이다. 숙제가 해결되는 순간이었다. 보어아웃을 극복하기 위해 연습하고 또 연습했다는 연주자의 말에 눈물이 났다. 특별한 치료법이 없다는 전문가의 말과는 다르게 연주자의 답은 명쾌했다.

'하루'라는 악기를 매일 연습해서 새로운 날을 만드는 것, 이것만이 오늘과 다른 내일의 오늘이 된다는 것을! 기억하고 기억하며 다짐하고 다짐해본다.

나와의 인터뷰

소유

크리스마스가 한 달 남짓 남았다. 이웃 민지 언니 집에서 네 쌍의 부부가 모임을 가졌다. 정성스럽게 준비한 식사를 마치고, 두 팀으로 나뉘어 두 개의 크리스마스트리를 장식한다. 동심으로 돌아가 다 같이 캐롤을 부른다. 완성된 트리장식은 기대 이상으로 예쁘다. 그리고 뿌듯하다. 서희 씨 팀 트리가 불빛이 촘촘해서인지 더 화려해 보인다. 집에 돌아와 잘 나온 사진과 동영상을 골라 SNS에 올렸다. 사진들을 정리해서, 함께했던 분들에게 보내주었다. 그런데 민지 언니에게서 뜻밖의 답장이 돌아왔다. '이봐요. 아줌마! 사람에 대한 배려가 전혀 없네요.' 처음에는 언니가 농담하고 있다고 생각했다. '그래요! 나 뚱뚱하고 배 나왔어요! 나도 이런 내 모습이 보기 싫어요! 혼자 보던가 하지. 묻지도 않고 나한테 왜 보낸 거죠! 사람 약 올리는 건가요!' 문자 내용이 점점 더 심각해진다. 7~8년 전 언니는 등반 사고로 골반을 다쳤다고 들었다. 인공관절로 수술했고, 수술 후 과체중이 되었다. 우울증 치료도 하고 있다는 것을 알았지만, 생각 없이 사진을 보낸 건 맞다. 정신을 차리고, 사진을 확대해서 들여다봤다. 언니는 사진이 찍히는 줄 모르고 팔을 뒤로 하고 서 있다. 나에게는 익숙한 언니 모습이지만, 자신을 마주한 언니는 고통스러웠을 것 같다. 사진을 보내기 전에 나는 어떤 생각을 했는지 알아보려 한다. '정말 사진 속 민지 언니 모습을 보고 아무렇지 않았니?' 웃음이 났다. 커다란 배에 앞치마를 걸치고 뒷짐 지고 있는 모습이 어느 빵집 마스코트 같아 보인다. '그런데 왜 사진을 보냈을까?' 즐거운 시간이었고, 사진으로 남겨주고 싶었다. '언니가 신체에 콤플렉스가 있을 거라는 생각은 안 해봤니?' 전혀 관리하지 않아서 문제가 될 줄 몰랐다. '내가 간과한 것은 무엇일까?' 나도 무릎 수술을 해보니 활동량이 전과 같지 않다. 움직임은 둔해지고, 체중이 많이 늘었다. 아무리 운동해도 예전 몸무게로 돌아가기 힘들다는 생각에 우울해진다. 나보다 큰 수술한 민지 언니가 몇 배 더 힘든 상태라는 것을 간과했다. 트리를 만들던 순간만 생각했다. 언니에게 미안한 마음이 들어서 바로 사과한다. '언니 미안해. 행복했던 순간을 추억으로 간직하자고 보낸 건데, 언니 마음을 헤아리지 못했네.' 빠르게 사과할 수 있어서 다행이다. 만약, 서운함을 드러내지 않았다면, 상처받고 있다는 사실을 몰랐을 거다. 언니가 쿨하게 사과를 받아주어서 다행이다.

직장에서 워크숍이 있던 날이다. 워크숍을 마치고 귀가하기 위해 주차장으로 향하는데, 차 한 대가 동료들 사이로 지나간다. '띠용' 저건 내가 꿈꾸던 드림카가 아닌가? 햇빛이 보닛에 반사되어 긴 빛줄기가 비친다. 나와 입사 동기 미령 씨가 운전석 창문을 내리고 활짝 웃고 있다. 동료들이 가까이에서 보려고 차를 에워싼다. 대표님이 한마디하신다.

"차 엄청 좋아 보이네요! 선생님 잘 어울려요!"

미령 씨에게 관심과 찬사가 쏟아진다. 그때 나는 '아, 일부러 자랑하려고 타이밍을 맞췄네. 유치하게 관심받으려고 저런 방법을 쓰네. 내가 탔으면 더 잘 어울렸을 텐데.' 이런 생각을 한다. 열등감이 밀려오면서 미령 씨에 대한 미움이 자라기 시작한다. 회의 시간에 내 말에 집중할 수 있도록 미령 씨 말을 뚝 잘라버린다. 어느 정도 열등감이 해소되는 나만의 희열이 있는 것 같다. 며칠 후 미령 씨가 프랑스 에펠탑을 배경으로 찍은 독사진을 보여준다. 내가 너무 가고 싶은 나라 1순위가 프랑스인데. 배경이 아깝다는 생각이 든다.

"사진마다 다 무표정이네요. 좀 웃지 그랬어요."

좋은 얘기는 하지 않고, 트집을 잡는다. 몇 번의 일들로 미령 씨 기분이 상했을 텐데. 나에게 표현하지 않는다. 동료들에게 비싼 마카롱을 나눠줄 때도, 커피를 사줄 때도 나는 틈만 나면 열등감을 털어내려고 시도한다. '마카롱은 살쪄서 안 좋아하는데. 커피는 배불러서 안 마시고 싶은데.' 그렇게 내가 나만의 벽을 만들고 있을 때, 동료들과 미령 씨는 신뢰감이 쌓여가고 있었다. 회의 시간에 동료들과 미령 씨는 자료를 공유하고, 의견을 나누며 돈독한 모습이다. 미령 씨 주변으로 동료들이 모여서 이야기를 나눈다. 나는 남아있는 빈자리에 타 부서 사람과 앉아 어색한 대화를 나눈다. 내가 미령 씨를 미워하는 데 에너지를 쏟는 동안, 동료들과 멀어지고 있는 내 모습을 발견한다. 열등감이 눈덩이처럼 계속 자라나고 있다. 더 이상 부정적 감정에 잠식되지 않으려면 대응이 필요하다. 나에게 방안을 찾기 위한 인터뷰를 시작한다. '좋은 차를 타게 된다면 자랑하고 싶지 않을까?' 자기만족도 있지만, 나의 행복한 모습을 보며 부러워하는 시선도 즐기고 싶다. '미령 씨의 어떤 행동이 거슬렸어?' 입사 동기였기 때문에 경쟁의식을 느끼고 있었다. 경제력을 과시하며 관심을 끄는 일은 반칙이라고 생각했다. 특히, 동료들이 환호할 때, 나는 점점 작아지는 것 같았다. '가장 힘들게 하는 감정은 뭐였어?' 관심받지 못하고, 가치가 없다고 여겨지는 것과 소외되는 것에 대한 불안이다. '그런 감정을 전에도 느껴본 적 있어?' 동생이 태어나면서부터 관심받지 못했고, 내 감정이나 행동은 통제를 받았다. 생각하면 마음이 울적해진다. '어린 소유에게 무슨 말을 해주고 싶어?' 부드러운 미소로 눈을 바라보며 '많이 외롭고 속상하지? 불안해하지 마. 내가 옆에서 항상 네 편이 되어줄게'라고 말하고 싶다. 아주 튼튼한 버팀목이 되어줄 것이다. '주차장으로 돌아갈 수 있다면 어떻게 하고 싶어?' 솔직하게 표현하고 싶다. '갖고 싶은 차였는데 너무 부러워요. 한번 타보고 싶은데 괜찮을까요?' 또는 '멋진 차라고 자랑 하시는 거죠? 정말 좋아 보이네요.' '그러면 어떤 일이 일어날까?' 감정을 솔직하게 표현했기 때문에 내면에 부정적인 감정이 커지지 않는다. 긍정적인 소통을 할 수 있어서 친해질 기회가 된다. 회사에 잘 적응한다. 협업하며, 업무에 집중할 수 있다. 업무 능력이 향상된다. 자기 효능감이 발전한다. '내 삶에 어떤 영향을 줄까?' 열린 마인드로 세상을 바라보고, 다양한 사람들과 상호작용 한다. 미령 씨와 소통하면서 멋진 차를 갖기 위한 구체적인 계획을 세운다.

스스로 인터뷰하면서 솔직한 나의 감정을 발견하고, 부정적 생각에서 벗어날 수 있는 대안을 찾는다. 꽤 여러 번 반복하며 훈련했다. 지금은 배고플 때 밥을 먹는 것처럼 자연스러운 습관이 되었다.

감정의 파도를 타는 법

이수현

상담하면서 감정에 그대로 머물러보는 시간을 많이 가졌다. 슬픔이 느껴진다면 그 슬픔을 그대로 느껴보는 것이다. 많은 사람이 너무나 자연스럽게 슬픔을 떨쳐내기 위한 행동을 한다. 다른 이야기로 화제를 돌리거나 일부러 웃고, 손동작이 많아진다. 그런 행동이 나타날 때, 상담사는 '머물러보세요'라는 말을 한다. 감정을 거부하지 않고 맞이하는 것이다. 그 순간을 통해 진정한 감정을 만나면 마치 막혔던 혈이 뚫리듯 온몸에 피가 도는 느낌을 경험한다.

때로는 여전히 마주하기 싫은 감정도 존재한다. 나에게는 불안이 그렇다. 불안은 언제 왔나 싶을 정도로 빠르게 갑자기 내 마음속에 자리를 차지한다. 몸은 긴장되고, 잔뜩 경직된다. 식욕이 뚝 떨어지기도 하고, 어떤 일에도 집중이 되지 않는다. 마음에 여유가 사라지고, 초조함에 휩쓸리는 것만 같다.

불안은 대개 잘하고 싶고, 잘 보이고 싶지만 그렇지 않을 수도 있다는 생각에서 시작된다. 좋은 성과를 받고, 다른 사람에게 인정과 사랑을 받고 싶은 것은 자연스럽다. 하지만 바람(Want)에 그치지 않고 반드시 이뤄야 하는 것(Should)이 되면 불안이 된다. '합격하고 싶다'에서 '합격해야만 한다'가 될 때가 그렇다.

합격하는 것은 충분히 가능한 일이다. 실제로 노력하거나 운이 좋으면 합격할 수 있기 때문이다. 그렇지만 합격하지 못할 수도 있다. 이 사실을 내 삶에서 제외하는 순간 불안은 시작된다. 삶에는 합격과 불합격이 모두 존재한다. 당시에는 불운이었지만 시간이 지나면 행운이 되는 일도 존재한다. 모든 걸 합격과 불합격이라는 단어로 정의할 수도 없다. 이 모든 길을 열어놓고, 받아들이면 긴장은 될지라도 불안하지는 않을 수 있다.

나는 불합격할까 봐 걱정만 했지, 불합격할 수도 있다는 걸 받아들이지는 못했다. 불안할 수밖에 없는 환경을 스스로 만들어놓고, 불안해하는 셈이다. 지금도 그럴 때가 있다. 왜 이렇게 불안할까 하며 나의 마음을 살펴보면 원하는 것만 허용하고 있음을 깨닫게 된다. 마치 드라마를 찍기 위해 세팅을 만드는 것처럼, 내가 불안해하기 위한 세팅을 만들고 있다는 생각을 한다.

그럴 때면 크게 호흡하면서 몸을 이완한다. 불안은 편안함과 함께 존재할 수 없다. 몸을 편안하게 하는 것은 불안을 조절하는

데 도움이 된다. 경직된 나의 목과 어깨, 등, 다리에 하나하나 주의를 기울이면서 호흡을 여러 번 반복한다. '그렇게 되면 좋지만, 그렇지 않을 수도 있지'라는 생각을 떠올린다. 내게 일어날 수 있는 모든 가능성을 인정하고, 받아들인다. 그러다 보면 조금씩 차분해지고 좁아졌던 시야가 넓어지는 것을 경험할 수 있었다.

감정을 마주하지 않으면 나 자신을 잃어버리기 쉽다. 대학 시절, 굉장히 합격하고 싶었던 면접에서 떨어졌던 경험이 있다. 그때 느낀 감정은 무력감이었다. '노력했는데도 불구하고 나는 안 되는구나'라는 생각이 들었다. 당시 나는 감정을 알아차리기보다는 그 감정 속에 빠져들어 스스로 무력한 사람이라고 여겼다. 감정과 나 자신을 동일시한 것이다. 면접에서 떨어져 무력감을 느낄 수는 있지만, 그것은 내가 느끼는 수많은 감정 중 하나이다. 감정이 자신이 되어버리면 헤어나올 수가 없다.

그럴 때는 감정을 알아차려야 한다. '내가 이런 생각을 하고 있구나. 이런 감정을 느끼고 있구나' 하면서 생각과 감정을 나와 분리해야 한다. 그러면 감정이 마치 나 자체가 된 듯한 착각에서 빠져나올 수 있다. 감정을 알아차리면 해소할 길이 열리고, 해소된 감정은 머무르지 않고 흘러가기 때문이다. 나는 무력감을 느꼈을 뿐, 무력한 사람은 아니라는 것이다.

감정을 알아차리는 데에는 글쓰기가 많은 도움이 되었다. 일기장에 쓰고, 컴퓨터 문서에 적고, 카카오톡 '내게 쓰기'를 활용하기도 했다. 일상에서 안 좋은 감정이 느껴지면 그 순간 카카오톡을 활용해서 내 채팅방에 글을 많이 남겼다. 어떤 상황에서 그랬는지, 어떤 말을 듣고, 어떤 일이 일어나서 내 마음이 안 좋았는지를 써 내려가다 보면 조금은 정리가 되고, 차분한 마음이 들었다. 하고 싶은 말이나 하지 못했던 말도 적으면서 감정을 조금씩 해소하기도 했다. 꼭 자리를 잡고 글쓰기 시간을 마련하지 않아도 일상에서 그때그때 나의 감정을 만나는 순간들이 내게는 많은 도움이 되었다.

시간을 들여 글을 쓸 때는 좋아하는 펜으로 글씨를 썼다. 컴퓨터로 쓸 때는 키보드를 두드리는 감각도 함께 느낄 수 있어 '힐링'이 되었다. 그렇게 나만의 자유로운 글쓰기로 감정을 만났다. 이후 치유하는 글쓰기 모임에 참여해 100일 동안 나의 마음을 알아가는 여정을 함께 하기도 했다. 그곳에서는 하루하루 정해진 주제를 가지고 글을 썼는데, '불편한 사람,' '미처 하지 못한 말,' '내면의 비판자'와 같은 주제들을 통해 나의 감정을 솔직하게 만날 수 있었다.

감정을 만나서 좋았던 것은 무엇보다 스스로를 이해할 수 있게 되었다는 점이었다. 나 자신에게 엄격하고 혹독할 때가 많았는데, 이해하게 됨으로써 조금 더 친절하고 따뜻해질 수 있었다. 감정을 만나 이해하고 해소하면 생각도 유연해진다. 세상을 바라보는 관점과 태도에 너그러움과 여유가 생기는 것이다. 그런 면에서 감정에 귀 기울인다는 것은 성장하고 성숙해진다는 의미를 담고 있다고 볼 수 있다.

어릴 때는 부모가 돌봐주어야 하지만 성인이 되면 스스로 좋은 부모가 되어 돌봐주어야 한다. 부모가 자녀에게 관심 가지듯이 어떤 감정을 느끼고 있는지 물어 주고 들어주어야 한다. 나 자신을 잘 돌봐야겠다는 생각을 하며 나의 감정에 관심을 기울이고자 노력한다. 기분이 좋지 않으면 이를 풀어주려는 부모처럼 나에게 행복한 순간을 선물하려고 노력한다.

자기 돌봄은 평소에 쉽게 할 수 있는 것부터 시작했다. 나의 경우에는 자연 속에서 치유를 많이 느끼는데, 자연광을 받으며 나무와 하늘을 바라보면 마음에 편안함이 찾아왔다. 음악은 감정에 영향을 많이 준다. 좋아하는 분위기의 노래를 그때그때의 마음에 따라 선택해 들으면 위로가 되고, 힘이 나기도 했다. 향긋한 커피 한 잔을 마시는 것, 밖에 나가지 않아도 좋아하는 향수를 뿌리는 것, 나에게 꽃 한 송이를 선물하는 것 등도 작지만 큰 위로와 만족을 주었다. 이렇게 소소한 관심이 쌓이니 나를 아끼는 태도가 되었다.

일상에서 나를 돌보면서 경계가 넓어짐을 느꼈다. 편안함이 생기니 새로운 것에 대한 용기와 도전의식도 생겨났다. 평생 나와는 거리가 멀다고 생각했던 활동들에 도전하게 되고, 잘하고 못함은 중요하지 않았다. 격려를 받으면 도전하게 되는 아이처럼 내가 나의 돌봄에 용기를 얻어 점차 성장한다는 생각을 했다. 물에 대한 공포가 커서 수영장 근처에도 가지 않았는데, 작년에 수영을 시작했다. 수없이 물을 먹어도 물에 몸을 맡길 수 있는 내가 기특했다. 매번 꼴찌가 되어 부끄럽거나 짜증이 나도 알아주고 위로할 수 있으니 '할 수 있다'는 생각이 들었다. 자연히 긍정적인 감정이 많아졌고, 점차 불행보다 행복을, 좌절보다 감사를 말할 수 있게 되었다.

흔들리는 감정, 뿌리를 내리다

정미정

'내가 먹은 아이스크림은 따듯했다'

1998년 11월, 대학교 4학년 졸업반, IMF 외환위기의 찬바람은 온 나라를 얼어붙게 하였고, 캠퍼스에도 냉기가 감돌았습니다. 졸업 전시를 준비하는 친구들의 열정적인 모습과 달리 깊은 무기력에 빠져 있는 내 모습은 스스로를 한심하게 여기던 때였습니다. 붓을 들어 캔버스를 채워야 했지만, 손은 움직이지 않았고 미래에 대한 불안감, 졸업 후 취업과 미래에 대한 대한 막막함이 짓누르던 시절이었습니다.

'내가 졸업이나 할 수 있을까?', '취업은 할 수 있을까?'라는 질문들이 끊임없이 머릿속을 돌아다니며 괴롭혔습니다. 마치 폭풍우 몰아치는 망망대해에 남겨진 작은 배처럼, 어디로 가야 할지 모르는 상태였지요.

당시 사회 분위기는 IMF 외환위기의 그림자가 짙게 드리워져 있었습니다. 부도로 문을 닫는 회사들, 합격 취소되는 취준생들, 대학원으로 도피하는 친구들, 유학 갔던 학생들은 부모의 경제적 위기에 급히 돌아오는 경우도 많았지요. 길거리 노숙자는 늘어나고, 경제적 어려움에 처해 자살하는 사람들의 뉴스가 연달아 터져 나왔습니다. 좋아하는 그림을 그리는 것은 사치처럼 느껴졌습니다. 경제적 여유는 사라지고 작고 큰 걱정과 불안으로 작업에 집중하지 못하던 때였습니다. 그렇게 시간은 흘러 겨울방학이 되었지요.

친구가 두 달이라는 기간 동안 아르바이트 제안을 했습니다.

"롯○ 제과 아이스크림 공장에서 아르바이트할 건데, 같이 할래?"

처음엔 망설였습니다. 미대생이 공장에서 아이스크림 포장이라니…. 예술가적 자존심이 살짝 상처를 입었다고나 할까요. 디자인 회사나 광고회사에서의 일을 꿈꾸던 저에게 너무 동떨어진 일이었습니다. '그래도 난 미대생인데…'라는 허세가 있었나 봅니다.

하지만 방구석에 틀어박혀 무기력하게 시간을 보내는 것보다는 낫겠다는 생각도 들었지요. 게다가 '아이스크림 공장'이라는 단어는 '찰리의 초콜릿 공장' 같은 매혹적인 이미지를 떠올리게 했습니다. 물론 현실은 전혀 달랐지만요. 결국 호기심과 급여의 유혹에 이끌려 친구와 함께 공장으로 향했습니다. 현실은 녹록지 않았습니다. 3교대 근무는 생체리듬을 엉망으로 만들었고, 아이스크림 포장 작업은 단순하고 지루했습니다. 게다가 시끄러운 기계들의 열기와 소음은 상상했던 달콤한 아이스크림 세계와는 거리가 멀었지요.

"위~잉, 턱, 푹, 팍" 공장의 소음은 머리가 떵 할 정도였습니다.

벨트 위로 지나가는 아이스크림들을 보면서 '이걸 정말 내가 하고 있다니.' 인정하기 싫은 현실이었습니다. 뜨거운 도장기에 손가락이 닿을 뻔한 아찔한 순간도 있었습니다. 8시간 내내 서서 반복 작업을 하다 보면 허리와 다리가 아프고 쑤셨습니다. 휴식시간이 있긴 했지만 4시간 내 30분 휴식을 주는 지금의 법정규정 수준과는 거리가 멀었지요.

'아이스크림'이라는 달콤한 단어와 실제 작업환경의 괴리라는 힘듦 속에서도 아이스크림 공장에서 의외의 따뜻함을 발견했습니다. 일하시는 아주머니, 아저씨들이 저에게 보여준 관심과 배려였습니다.

"학생, 오늘 힘들지 않아요? 여기 커피 한 잔 마시고 해요."

"어이~ 학생, 일 참 잘하네!"

가장 기억에 남는 순간은 실수로 불량이 나와 난감했던 때입니다. 뜨거운 도장이 내려오는 박자에 보호필름을 정확히 맞춰야 했는데, 집중력이 흐려져 실수를 연발했지요. 당황스럽고 위축되어 얼굴이 화끈거릴 때였습니다. 옆에 계시던 아주머니가 제 어깨를 다독이며 말씀하셨습니다.

"괜찮아 학생, 누구나 실수할 수 있어. 천천히 도장 내려오는 박자 따라서 리듬을 타는 거야. 이거 적응하기 쉽지 않아. 근데 너 되게 잘하고 있는 거야~ 이 정도 불량은 수도 아녀." 순간 뜨거운 눈물이 핑 돌았습니다. 아이스크림은 차가웠지만, 그분의 말은 따뜻했습니다. 투박하지만 진심 어린 격려는 아이스크림 공장 안에서 뜨거운 위로가 되었습니다.

마치 '너무 창피해하지 마. 괜찮아, 인생의 과정일 뿐이야'라고 격려하는 것 같았습니다. 이 순간의 응원과 지지는 일뿐만이 아니라 당시의 불안한 내 삶 전반에 주는 응원 같았습니다.

마지막 두 달간 모은 수입이 의미 있는 금액으로 쌓였을 때, 특별한 성취감을 맛보았습니다. '나도 할 수 있구나'라는 작은 깨달음이 무기력했던 일상에 새로운 활력을 불어넣어 주는 듯했으니까요. 불안하고 망설이던 순간들 속에서도, 결국 선택은 제 몫이었다는 것을 배웠습니다.

얼마 전, 대학생이 된 큰아이와 아르바이트 이야기를 나누다가 문득 제 청춘의 한 페이지가 떠올랐습니다. 아이스크림 공장에서 보냈던 그 시간들이 마치 어제처럼 선명하게 기억났지요. '그때는 말이야~'라며 시작된 이야기는 어느새 세대를 넘어 서로를 이해하는 따뜻한 대화의 다리가 되었습니다.

요즘 들어서는 모든 것이 자동화되어 제가 겪었던 그 시절의 작업환경은 더 좋아졌겠지요. 화려한 매장에는 31가지가 넘는 다채로운 맛의 아이스크림이 진열되어 있고, 아이들은 무인 매장에서 손쉽게 '티코'와 '투게더'를 골라옵니다.

문득 그 아이스크림을 바라보며 미소 짓게 되는 건, 차가운 디저트 속에 담긴 따뜻한 기억 때문일지도 모릅니다. 제가 맛보는 것은 단순한 아이스크림이 아닌, 겨울방학의 아이스크림 공장 이야기입니다. 공장에서 만났던 분들의 따뜻한 미소, 서로를 위로하며 나누었던 작은 친절, 그리고 차가운 차가운 겨울바람 새벽녘 공장출근 버스를 기다리며 어려운 시기를 잘 견디며 배워간 인생의 참된 맛이 모두 녹아있겠지요.

시간이 흘러도 변치 않는 진실은, 아이스크림은 차갑고 달콤하지만 그 속에 담긴 추억은 언제나 따스하다는 것입니다. 때로는 가장 차가운 순간이 우리 삶에서 가장 따뜻한 기억으로 남기도 하죠. 제가 맛본 아이스크림은 단순한 간식이 아닌, 시간이 흐를수록 더욱 빛나는 소중한 인생의 한 조각이었습니다.

위기를 기회로 만든 결혼생활

주순영

한 사람과 평생을 산다는 것은 기적이다. 자라온 환경과 배경이 다름에도 평생을 같이 산다는 것, 부부는 생사고락을 함께하는 전우와도 같다. 사는 동안 서로 둥글둥글 어우러지며 닮아간다.

우리 부부는 38년 함께 살면서 크고 작은 갈등과 위기가 있었다. 처음에는 자기와 다름에 이끌렸다. 서로의 결핍된 부분을 보완해 주기를 기대한다. 하지만 살다 보면 다름으로 인한 갈등 생긴다. 결혼 전에는 남편의 조용하고 세심한 면이 좋았다. 내 이야기를 잘 들어주는 것에 끌렸다. 장점이라고 생각했던 성격은 결혼 후 단점으로 바꿨다. 감정표현이 분명하지 않고 우유부단함이 답답했다.

첫 번째 위기는 의사소통 차이에서 나타났다. 남편은 말이 없었지만 나름 평탄하게 살았다. 단독주택 2층에 살다가 결혼 8년 만에 아파트로 이사했다. 집주인 눈치 보며 살다가 이사 오니 아이들도 나도 편안했다. 늦은 시간까지 아이들이 떠들어도 눈치 볼 일 없었다. 아이들도 자주 웃었다.

어느 날부터 남편은 핸드폰이 울리면 집 밖으로 나갔다. 처음에는 대수롭지 않게 생각했다. 사업을 하는 사람이니 그럴 수 있겠다고 생각했다. 시간이 지나면서 찜찜했다. 반복될수록 불안했다. 의심은 점점 더 커졌다. 의심이 쌓이면서 의부증이 되지 않을까 걱정했다. 별거 아닌 듯이 넌지시 물었다.

"왜 전화를 밖에 나가서 받아?"

"일 때문에 전화받는 건데 왜 그래." 남편은 얼굴이 붉어지며 오히려 짜증을 냈다. 일 때문이라는데 더 이상 할 말이 없었다. 이유를 말하지 않고 어물쩍 넘어가려는 것 같아 화가 났다. 아직은 어린 8살 딸과 5살 아들을 보며 많은 생각을 했다.

'지금이라도 갈라서는 것이 좋지 않을까. 더 늦기 전에.' 이렇게 평생 마음고생하면서 살 자신이 없었다. 가슴 한쪽이 뻥 뚫린 것 같았다. 아이 둘을 혼자 키운다는 것은 쉽지 않은 일이다.

주일 예배를 위해 온 가족이 교회에 갔다. 목사님 설교 중에 갑자기 눈물이 툭 떨어졌다. 어깨를 들썩이며 내내 울었다. 부부 사이에 신뢰가 깨졌다는 좌절감에 눈물을 주체할 수 없었다. 나에게 더 이상의 결혼생활은 의미가 없었다. 문득 아들, 딸이 떠올랐다. 며칠 동안 고민하다가 마음을 추스르기로 했다. 집 근처의 가까운 남한산성으로 갔다. 산을 오르면 생각했다. '이혼하려면 먹고살 준비를 해야지' 지금 성급하게 결정하지 않기로 했다.

둘째가 초등학교 들어가면서 상담공부를 시작했다. 아이들과 남편 뒷바라지만 하는 주부 생활에서 조금씩 벗어난다. 내가 공부를 한다고 하니 남편과 아이들이 집 청소도 하고 끼니도 알아서 해결했다. 2002년 우리나라에 처음으로 청소년상담사 국가자격증이 생겼다. 1회 청소년상담사 자격증을 취득했다. 남편이 축하 화분을 보냈다. 중학교에서 상담을 시작했다. 첫 출근하는 날, 교장 선생님은 운동장 교단에서 소개해 주셨다. 스스로 대견했다. 성장통을 겪는 청소년을 상담한다는 게 내겐 특별한 의미가 있다. 누군가에게 필요한 존재가 된다는 것에 뿌듯했다.

여전히 남편과 속 깊은 대화는 쉽지 않다, 다만 성장해 가는 나를 보면서 자주 웃고 흐뭇해하였다. 아이들과 놀아주고 집안일을 도와주었다. 변하지 않는 남편의 성격을 이해하려고 노력했다. 내 마음이 자신감으로 채워지니 넉넉한 마음이 되었다.

두 번째 위기도 소통의 부재로 인한 아물지 않은 불신에서 왔다. 큰아이가 고등학교 3학년 때, 남편은 단순한 일상에 생기가 빠진 듯했다. 한번 운동을 해보라고 권했다. 남편은 배드민턴 운동을 시작했다. 운동에 빠져서 시간만 나면 배드민턴을 하러 갔다. 바다를 만난 물고기처럼 신나 보였다.

그 당시 나는 공부하랴, 아이들 보살피랴 남편에게 신경 쓸 수 없었다. 어느 날, 식탁 위에 남편 핸드폰이 울렸다. 우연히 남편의 휴대폰 문자를 보게 되었다.

"어제 저녁은 잘 들어가셨어요. 속은 좀 괜찮으신가요. 사랑합니다."

이름을 보니 A군이라 되어 있었다. 전화를 했다. 여자가 받았다. 바로 전화를 끊었다. 씻고 나오는 남편에게 A군이 누구냐고 남편에게 물었다. 갑자기 화를 내면서 휴대폰을 던졌다. 바닥에 유리 조각이 우수수 떨어졌다.

"왜 남의 핸드폰을 보고 난리야!"

기가 막히고 어이가 없었다.

밤새 고민하다가 편지 한 장을 썼다. 새벽 5시에 집을 나섰다. 며칠이 될지 모르지만, 여행 가방을 챙겼다. 편지에는 공부할 수 있도록 도와줘서 고맙다는 내용을 담았다. 이제는 마음을 정리할 시간이 필요한 것 같았다. 목적지도 없이 훌쩍 떠났다. 무작정 고속버스터미널로 갔다. 바다가 보고 싶었다. 10월이다. 결혼 전 자주 갔던 변산 채석강이 기억이 났다. 변산으로 가는 내내 감정이 롤러코스터를 탔다. '결혼생활이 여기서 끝나는 걸까' 예전엔 비참해서 울었지만, 지금은 분노가 치밀었다.

썰물에 바위가 드러난 격포 채석강을 걷다가 바위에 앉았다. 바다를 바라봤다. 바닷물이 서서히 차오르고 있었다. 지치지도 않나 보다. 파도를 보고 있으니 마음이 편안해졌다. 일상으로 돌아갈 수 있을까.

주머니 속 핸드폰이 울린다. 남편으로부터 문자가 왔다.

-못난 남편 만나 고생만 시키고 미안해. 밥 잘 챙겨 먹고 다녀.-

남편 문자를 보니 아이들이 눈앞에 어른거렸다. 방황했던 2박 3일이 지나갔다. 흔들리는 마음을 정리하고 다시 대화를 해보자며 집으로 향하는 버스에 올랐다. 집에 돌아오니 남편은 처음으로 내 손을 잡고 말했다.

"마음 아프게 해서 미안하다" 했다.

그 말을 들으니 나도 공부한다고 당신에게 소홀해서 미안하다고 했다. 서로 마음 다치지 않도록 노력하자고 했다. 머리로는 이해하지만 마음으로 용서는 쉽지 않았다. 고통스러웠다. 예수님이 내 죄를 용서하신 것처럼 남편을 용서하기로 했다. 마음이 한결 편안해졌다.

결혼생활도 바다처럼 밀물과 썰물을 반복하며 단단해지는 과정이 아닐까. 밀물과 썰물은 바다에만 있는 것은 아니다. 결혼의 위기 상황에서 중심을 잃지 않는 내가 중요하다.

흔들리는 감정 속에서도 나를 지키는 법

한원건

2021년 사랑하는 아들이 태어났다. 그리고 2022년부터 군에서 상담사로서 심리적 어려움을 경험하는 간부를 상담하고 있다. 매해 삶의 무게와 책임감이 늘어가고 있다. 그러다 보니 주어진 많은 역할과 바쁜 일상으로 인해 상담사인 나도 감정과 마음을 돌보지 못하고 하루를 버티듯 살기도 한다. 그런 하루가 쌓이다 보면 쉽게 지치고, 스트레스에도 취약해진다. 그렇게 조금씩 쌓인 소진감은 나와 가족 그리고 나의 내담자에게도 영향을 미친다. 그래서 소진감을 느낄때면 잠시 멈추고 감정과 마음을 돌보기 위해 노력한다. 감정과 마음을 돌보는 것은 사치가 아니다. 10년 동안 내담자들을 만나면서 감정을 돌보는 것은 나와 주변 사람들을 위해 꼭 필요한 일임을 경험하고 있다.

심리상담사라는 직업 특성상 내담자의 감정을 깊이 들여다보고 공감하는 일이 많다. 내담자의 아픔과 힘듦을 듣다 보면 나도 모르게 그 감정에 깊이 빠져드는 순간이 있다. 이런 날이면 퇴근 후에도 내담자가 이야기했던 우울, 불안, 분노, 트라우마 장면이 머릿속을 맴돈다. 무거운 기분으로 하루를 마무리하거나 악몽을 꾸기도 한다. 상담사로서 지속적으로 훈련을 받고 있지만, 내담자가 전달하는 감정을 완전히 분리하거나 거리를 두는 것은 쉽지 않다. 상담 후 느껴지는 감정을 회피할수록 경험하는 소진감과 피로감이 컸다. 감정을 자연스럽게 수용하고 해소할 수 있는 나만의 방법을 찾기 위해 노력해왔다.

감정과 마음을 돌보는 방법 중 하나는 꾸준히 심리상담을 받는 것이다. 나는 주 1회 60분씩 상담을 받고 있다. 상담을 통해 스스로를 깊이 들여다본다. 그리고 쌓인 감정을 정리하며 회복하는 시간을 갖는다. 상담을 받고 나면 머릿속이 맑아지고, 일과 육아에 대한 시야가 넓어진다. 과거 감정적으로 지칠 때 자녀에게 쉽게 짜증을 내고 후회하는 행동을 반복했었다. 상담을 통해 감정이 안정되면서 아이에게 화를 덜 내게 되었다. 그러다 보니 자녀에 대한 죄책감도 줄었다. 내 감정을 돌보는 것이 곧 아이를 위한 일이었다. 상담으로 건강한 아빠의 모습을 찾았다.

신체 감각을 활용하는 것도 감정을 돌보는 데 도움이 된다. 나는 감정으로 혼란스러울 때 오감을 활용해 현재에 집중하고 머무르기 위해 노력한다. 따뜻한 차나 커피를 천천히 마시며 온기와

향을 음미한다. 스트레스와 피로감으로 인해 예민해짐을 느끼면 좋아하는 향을 맡으며 호흡을 가다듬는다. 감각에 집중하고 현재에 머무르는 순간 불안하고 우울한 생각이 조금씩 멀어진다. 감정이 격해질 때면 하던 일을 멈추고 걷는다. 그 순간만큼은 떠오르는 생각에 집중하지 않는다. 오로지 한발씩 발이 땅에 닿는 느낌을 느끼고, 피부로 느껴지는 바람에 집중한다. 그렇게 몸의 감각에 집중하다 보면 혼란스러웠던 감정이 차분해진다. 때로는 생각지 못한 해결책이 자연스럽게 떠오른다.

삶을 살다 보면 나도 모르게 과거 실수나 후회가 불현듯 떠오를 때가 있다. 예전에는 그 순간을 곱씹으며 스스로 비난하고 자책하기 바빴다. '왜 그때 그렇게 했을까? 더 잘할 수 있었는데…' 같은 생각이 머릿속을 맴돌았다. 하지만 지금은 과거와 다른 시선으로 그 기억을 마주한다. 그때 나름대로 최선을 다했음을 인정하고, 나에게 따뜻한 말을 건넨다. '그 순간에는 그게 최선이었어. 그때 나는 정말 열심히 했어.' 그렇게 스스로를 다독인다. 그러다 보면 과거의 무거운 짐에서 벗어나 현재로 돌아온다.

상담에 오는 내담자들은 감정이나 마음을 관리하는 것을 매우 어려워한다. 특별하면서도 효과적인 심오한 방법이 따로 있다고 생각한다. 그러나 감정과 마음을 돌보는 방법은 멀리 있지 않다. 우리의 일상과 밀접하게 관련 있다. 이 사실을 최근 박사과정과 직장을 병행하면서 다시 한번 경험했다. 박사과정을 시작하면서 우울감과 불안감을 경험하는 순간이 많았다. 업무와 과제가 몰릴 때면 '모두 다 포기해버리고 싶다'라는 생각이 들었고, 매사에 부정적이었다. 퇴근 후 아이에게 과도하게 화를 낸 후에야 상황의 심각성을 인식하게 되었다. 행동과 생각을 멈추고 그 순간 요즘 어떻게 살고 있는지 돌아보았다. 과제와 업무로 인해 3주 동안 매일 4시간 미만으로 수면하고 있었다. 수면 부족은 곧바로 삶과 감정에 영향을 미쳤다. 작은 일에도 예민했으며, 인내심이 부족해졌다. 그러다 보니 사소한 일에도 쉽게 짜증을 내고 있었다. 가족과 나를 위해 시작한 공부가 나를 갉아 먹고 있었다. 감정과 마음을 돌보기 위해 기본으로 돌아갔다. 업무를 줄이고, 규칙적인 수면을 유지했다. 규칙적으로 식사하며 몸과 마음을 돌봤다. 그러자 우울감과 불안감이 많이 줄었다. 이번 일을 통해 일상 속 작은 습관이 감정에 미치는 놀라운 효과를 체감했다. 감정과 마음을 돌보는 방법은 특별한 게 아니었다. 생활습관을 바꾸는 것만으로도 충분한 변화를 경험할 수 있었다.

상담실에서 만나는 내담자들은 대부분 생활 습관이 불규칙하다. 수면 부족, 불규칙한 식사, 건강하지 않은 생활 습관은 감정과 마음의 균형을 쉽게 무너트린다. 그래서 내담자들에게 반복적으로 기본적인 생활 습관의 중요성을 안내한다. 그리고 나 또한 지속적으로 생활습관을 점검하고, 보완해가면서 마음과 감정을 돌보고 있다.

감정과 마음을 보살피는 방법은 특별하지 않다. 그리고 특별하지 않아도 괜찮다. 사람마다 효과적인 방법이 있다. 자연을 좋아하는 나는 집과 상담실에 어항이 있다. 어항은 나에게 평온한 작은 쉼터가 되어준다. 어항 속 파릇한 수초와 헤엄치는 물고기를 바라보는 것으로도 마음이 안정된다. 그 짧은 5~10분을 통해 긴장을 해소하고, 불편한 감정을 돌볼 수 있는 힘을 얻는다. 그러나 안타깝게도 많은 내담자는 자신의 감정과 마음을 보살피는 법을 모른다. 기분이 좋아지길 바라면서도, 편함과 행복함을 느끼는 순간과 방법을 잘 모르는 경우가 많다. 혹은 알더라도 더 나은 미래를 위해 현재의 작은 행복을 미뤄둔다. 나도 그랬다. 성공과 성취만을 생각하며 현재의 행복과 만족을 등한시했다. 그러다 보니 쉽게 지치고, 포기하는 일이 반복되었다. 그런 나를 비난하며 더 큰 목표를 세웠다. 하지만 삶을 살아갈수록, 내담자를 만날수록 깨닫는다. 미래도 과거도 아닌, 현재가 가장 중요하다는 것을.

과거와 달리 지금, 이 순간을 살고자 노력하고 있다. 우선 여유를 가지고 일정한 생활 습관을 유지하며 살고 있다. 틈틈이 현재의 행복을 채우려고 노력한다. 사소하지만 따뜻하고 향기로운 차 한잔, 좋아하는 노래, 어항 감상을 통해 감정을 돌보고 있다. 그러다 보니 알 수 없는 미래를 걱정하거나, 과거에 매달리지 않는다. 지금, 이 순간을 살아갈 때 감정은 나를 압도하지 않았다. 여러 역할과 책임 속에서 애쓰고 있는 나를 인정하고, 감정을 돌보는 일은 단순한 자기 위로가 아니다. 그것은 더 나은 방향으로 나아가기 위한 과정이다.

우리의 감정을 '관리한다'라는 말보다, 감정을 이해하고 다독인다는 것이 더 적절한 표현일지도 모른다.

4장

평생 동반자, 나의 감정

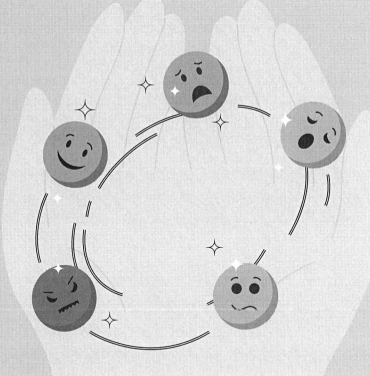

있는 그대로 품어 줄게

강명경

다른 사람들이 저의 진짜 모습을 알면 좋아하지 않을까 두려웠습니다. 그래서 부족함을 들키지 않으려고 감추다 보니 워커홀릭처럼 살고 있더라고요. 오전에는 학교폭력 예방 교육 강의를 하고, 점심을 놓치면 차 안에서 간단히 초코바를 먹으며 1시간가량 이동합니다. 오후에는 거의 저녁 8시까지 상담하고, 이후에는 논문을 쓰거나 강의자료를 만들다 보면 하루가 다 갑니다. 그렇게 쉬지 않고 발로 뛰며 일을 찾았습니다. 일을 찾지 않으면 발전 없이 무난하게 지내지만 사는 대로 살 것 같았어요. 그렇게 지내고 싶지는 않았습니다. 피로가 누적돼도 좋았어요. 일이 많은 건 실력이 있는 것 같았죠. 그런데 바빠서 좋다가도 어느 때는 공허하고 불안한데 혼자 있을 때는 이유 없이 눈물이 나기도 했어요. 발버둥 치고 있는 것 같았어요.

'일=능력=돈'이 충족되면 사랑은 저절로 따라오는 줄 알았어요. 지금까지 가장 우선순위는 일이었습니다. '좀 더 성장하면 좋은 인연이 나타나겠지' 마음으로 일과 공부만 했습니다. 일 잘하고 능력 있는 사람이고 싶었는데, 갈수록 부족한 게 많아집니다. 모자란 게 많은 저는 잘해야만 다른 사람들이 인정할 것 같았습니다. 부족함을 들키면 쓸모없는 사람이 될 것 같았어요. 삶의 가능성을 찾기 위해서 '부족하다'라고 생각하는 걸 있는 그대로 받아들여야 했어요. '난 진짜 행복하지 않은 걸까? 나를 위로하자' 하고 연민의 마음으로 돌봄이 필요한 순간이었습니다.

마음 챙김은 현재를 알게 해주는 보석입니다. 과거의 상처를 보듬고, 연민의 마음으로 바라보니 저를 좀 더 들여다볼 수 있는 것 같아요. 잘 지내는 것 같으면서도 한 번씩 삶이 힘들다고 느꼈던 건, 사회가 만들어둔 틀에 가치를 두고 있었다는 걸 알았습니다. 이 정도 나이에는 평균 연 칠천만 원을 벌고, 사업가가 아니면 전문직종에 있어야 사회적으로 인정할 것 같다는 등 제가 믿던 것들은 사회에서 정한 시선이었어요. 그것은 자꾸 저를 작아지게 만들었습니다.

평소에 하는 신념은 생각이 되고, 말로 표현됩니다. 말이 씨가 된다는 표현처럼 씨는 행동으로 나타나 습관이 되고, 그런 방식으로 세상을 만납니다. '난 긴장하면 말을 잘 못해', '나는 예민해지면 화가 나'처럼 '원래'라는 말은 핑계였습니다. 이제는 후회로 남았던 행동을 반복하고 싶지 않아서 용기를 냅니다. 예민해질 때 왜 화가 나는지, 어디서 긴장이 시작되고 말을 언제부터 잘 못했는지 탐색했습니다. 과거의 상처는 지난 일입니다. 그렇지만 놀라고 어찌할 바를 몰랐던 그때의 기억들은 비슷한 상황, 말투, 분위기 등을 마주할 때 저를 압도시킵니다. 긴장도가 확 올라갔을 때 얼어붙었죠. 언젠가부터 그렇게 세상을 마주하고 있었어요.

상담 공부를 하다가 저를 평가하지 않고 인간적으로 대하는 선배님을 만났어요. 프로젝트를 준비할 때 긴장돼서 챙겨야 할 것을 빠트리거나, 덤벙거리고 잊어버릴 땐 옆에서 챙겨주며 용기를 북돋아주었습니다. 눈빛과 말투에서도 느껴졌어요. 평가받는다는 생각이 들지 않는다는 것은 벽난로에 작은 불빛이 텅 빈 방 안의 어둠을 밝혀주듯 따뜻하고 환해지는 느낌입니다. '잘하는 것처럼 보이려고 애쓰지 않아도 괜찮구나.' 세상은 안전하다는 걸 경험한 이후, 사람들을 만나고 소통할 때 전보다 편안합니다.

저를 스스로 인정하고 받아준다는 게 신기합니다. 애써 잘 보이기 위해 괜찮은 사람인 척하지 않으니 이렇게 편할 수가 없어요. 미움, 질투, 시기, 분노로 괴로움에 빠지게 하는 감정보다는 사랑, 고마움, 감사의 마음이 훨씬 많이 느껴집니다. 감정은 억누르는 것이 아니라 가까워지고 이해하는 거였어요. '이렇게 해도 괜찮고, 내가 나로서도 괜찮구나'의 경험으로 저의 뿌리는 촘촘하고 단단해져 갑니다. 있는 그대로 받아들이고 존중할 때, 부족함은 저를 휘두르고 약해지게 하는 존재가 아니라 성장시키는 동반자가 됩니다. 감추고 싶었던 것을 부정하지 않는 것, 그것이 진정한 저로서 살아가는 방법인 것 같습니다.

가끔 퇴근하고 길을 걷다 보면 쓸쓸할 때가 있습니다. 하늘을 쳐다보면 유난히 밝은 노란색을 띠는 달이 떠 있어요. 걷다가 또다시 하늘을 봐도 여전히 제 머리 위에 있습니다. 삶이 고단하고 혼자인 것 같을 때도 언제나 조용히 곁에 있어요. 마치 저를 위로해주고 있는 듯한 모습이 든든하게 느껴져 피식 웃음이 납니다. 화창하고 바람이 선선한 날에는 기분이 좋아 어떻게든 만끽하려고 합니다. 공기를 길게 들이마시며 계절의 향을 맡기도 하고, 바람을 느끼며 촉각으로도 느껴봅니다. 발걸음은 좀 더 경쾌하게 뻗기도 하고요. 이렇게 기쁠 때는 기쁨을 충분히 느끼고, 슬플 때는 슬픈 그대로 받아들여보려고 합니다.

이해관계에 얽혀 답답하고 화날 때도 있고요, 원하는 대로 잘 풀리지 않아 속상할 때도 있습니다. 그럴 때면 지금 드는 생각과 느낌을 그대로 느껴보기로 합니다. 긴장하면 '아, 지금 내가 이걸 잘하고 싶어서 긴장하고 있구나'라고 인정합니다. 긴장감을 억누르지 않고 바라볼 때 오히려 친근합니다. 감정을 표현하는 것은 약한 모습을 들키는 것이 아니라고 받아들이니 반갑기도 합니다.

감정을 완벽하게 다루지는 못합니다. 여전히 불안한 순간도 있어요. 그러나 애써 부정하지 않으려고 합니다. 더 이상 문제라고 생각한 것을 감추기 위해 애쓰던 노력을 내려놓습니다. 관계에서도 예전처럼 필요 이상으로 조심하기보다는 솔직해지려고 합니다. 완벽하지 않아도 괜찮다는 것을 받아들이니 관계를 유지하기에도 애를 썼던 부담에서 가벼워집니다. 저를 잃어버린 줄 알았던 혼란의 시간은 인간이라면 겪을 수 있는 자연스러운 과정이었던 것 같습니다. 이제는 저 자신을 더 깊이 이해해 가는 과정인 것 같아 감사함을 느낍니다. 이런 걸 느낄 수 있다는 사실에 전 참으로 행복한 사람인 것 같습니다.

상담, 그 너머의 삶

김신미

    나는 곧 정년퇴직을 앞두고 있다. 지금의 기관에서 12년 동안 국군장병들을 상담해 왔고, 그전에는 8년 동안 청소년 상담 센터에서 청소년들의 마음을 들여다보며 살아왔다. 40살에 상담을 배우기 시작하여 20년 동안 상담사로 살아왔다. 처음 상담사의 길을 걷기 시작했을 때는 내담자들의 변화를 목격하는 순간마다 큰 보람을 느꼈다. 그들의 성장과 치유 과정에 함께할 수 있다는 것이 내게 큰 기쁨이었다. 하지만 몇 년 전부터 나는 점차 내면의 열정이 식어가는 것을 느꼈다. 상담사로 계속 성장해 가기보다는 하루 일과를 무사히 마치는 것에 의미를 두는 생활이 반복되었다. 상담할 때마다 부담스러운 내담자가 오지 않았으면 했고, 문제 해결에 집중하느라 그들의 내면에 진정으로 공감하는 순간들이 점점 줄어들었다. 소진된 나를 알아차리지 못한 채, 나는 매일

상담을 반복하고 있었다. 그러다가 2024년 12월, 한국상담심리학회에서 열린 "대가 상담가들의 만남"에 참여했다. 은퇴 시기를 고민하는 다섯 분의 상담가가 심리상담사로 살아온 이야기가 이어졌다. 그분들 중 S 님의 이야기가 가슴 깊이 와닿았다.

"상담을 배워온 걸 열심히 하다 보니 상담의 기본인 수용, 솔직성, 공감성 이런 것들이 내담자들 앞에서만이 아니라, 모든 사람 앞에서도 자연스럽게 스며들어 베이스가 되었습니다. 그냥 삶의 방식이 내 존재 방식이 돼요. 그리고 그것이 내 존재 방식이 되었을 때는, 상담자의 삶이나 개인의 삶이나, 별로 다 구분되지 않게 그냥 같이 나하고 더불어 가게 되는 그런 삶이 돼요. 그러면서 상담을 공부하지 않았을 때보다 훨씬 사람들의 내면의 아픔과 고통을 겪으면서 살아가는 사람들을 보면서, 사람들이 귀하게 느껴지고 그런 모습을 동행한 나도, 그 속에서 같이 가는 행복감도 느끼고 내 삶이 굉장히 많이 풍요로워졌다는 걸 느껴요."

이 말을 듣는 순간, 뜨거운 무언가가 내 가슴을 찔렀다. 목이 메고 눈시울이 붉어졌다. '내가 왜 상담자가 되었지?'라는 질문이 내 안에서 울렸다. 그 자리에서 나는 멍하니 창밖을 바라보며 부끄러움으로 얼굴이 화끈거렸다. 상담사의 정체성은 지금 어디론가 간 것 같았다. 단순히 직장인으로서 하루의 업무를 수행하는 것처럼 상담하고 있던 내 모습이 떠올랐다. 누군가의 상처 입은 마음에 공감하던 그 따스함은 어디로 갔을까? 내담자의 이야기에 고개를 끄덕이면서도 마음이 다른 곳에 있었던 순간들이 떠올랐다. S 상담가님의 "상담이 삶의 존재 방식이 되었다"라는 말에 깊은 존경심이 우러났다. 그리고 속으로는 '난 아직 멀었구나!'라고 생각하면서도 한편으로는 '내가 많이 지쳐있구나!'라는 것을 알게 되었다.

퇴직 후에는 당분간 충분한 휴식을 가질 예정이다. 하지만 그 이후의 삶에 대해서는 여전히 답을 찾지 못하고 있다. 문득, 김형석 연세대 철학과 명예교수가 『김형석, 백 년의 지혜』 출간 기념 기자간담회에서 한 말이 떠올랐다. "인생에서 가장 좋은 나이가 60~75세다. 마치 계란노른자 같은 나이며, 그때가 가장 행복했다." 그 말을 되새기며, 나의 계란노른자 같은 나이를 어떻게 살아갈지, 1년 전부터 고민을 해왔지만 쉽게 답이 나오지 않는다. 퇴직하면 고정수입이 끊긴다는 현실적인 걱정도 있다. 하지만 무엇보다도, '이제 나도 60의 삶으로 들어가는구나!'라는 나이가 주는 상실감과 막연한 불안이 더 크게 짓누르고 있는 것 같다. 내 삶을 정의했던 모든 것들, 심리상담사라는 직함, 익숙한 일과, 동료들과의 대화가 사라진다는 생각에 때로는 숨이 막힐 듯한 공허함이 밀려온다.

소중한 내 삶의 시간을 잘 보내고 싶은 마음이 크기에 불안이 올라오는 것인지도 모른다. 하지만 이제는 그런 마음을 담담하게 받아들여야 한다. 불안도 내 삶의 일부이기 때문이다. 그동안 내 담자들에게 가르쳐왔던, '감정을 친구처럼 받아들이는 방법 세 가지'를 이제는 나 자신에게 적용해 보기로 했다.

첫째는 감정을 그대로 인정하는 것이다.

아침에 일어나면 가슴이 답답하고 생각이 많아진다. 퇴직 후의 삶이 명확하지 않기 때문이다. 이번에는 이렇게 말해 본다. '아, 내가 지금 불안하구나. 앞으로의 삶이 불확실해서 그렇구나.' 불안을 인정하니 마음이 조금은 가라앉는다. 불안은 잘못된 감정이 아니다. 변화 앞에서 자연스럽게 찾아오는 감정일 뿐이다. '그래, 누구나 새로운 길 앞에서는 불안을 느껴. 나도 당연히 그럴 수 있어.' 내 감정을 있는 그대로 받아들이기로 했다. 마치 맑은 하늘에 구름이 떠다니듯, 내 마음에 불안이 떠다닐 수 있도록 허용했다.

둘째는 감정 표현을 연습해 보는 것이다.

불안을 글로 써 보기로 했다. 솔직하게 써 내려간다. '나는 지금 정년퇴직을 앞두고 있다. 고정수입이 없어지고, 사람들과의 교류도 줄어들 것 같다. 그래서 불안하다. 가끔은 내가 누구인지 모르겠다는 생각이 든다. 상담사가 아니면 나는 누구지?' 이렇게 적고 나니, 머릿속이 정리되는 느낌이다. '나는 미래가 불확실해서 불안한 거구나. 그리고 나의 정체성에 대한 혼란을 겪고 있구나'

라는 걸 알게 됐다.

셋째는 감정의 메시지를 이해하고 함께하는 법을 배우는 것이다.

불안은 늘 이유가 있다. 가만히 들여다보니, 불안은 이렇게 말하고 있는 것 같다. "앞으로의 삶을 좀 더 구체적으로 생각해 보면 어때?" "퇴직 후에도 의미 있는 일을 하고 싶다는 마음이 있네?"

어차피 새로운 시작 앞에서는 언제나 불안이 찾아온다. 마치 여행 동반자처럼, 불안과 대화를 나눠본다. "그래, 불안아. 네가 걱정하는 걸 알아. 하지만 우리는 길을 찾아갈 거야." 그리고 작은 실천을 해보기로 했다. 이렇게 하면, 불안은 나를 움직이게 만드는 힘이 될 것이다.

지난밤, 나는 꿈을 꿨다. 20년 동안 만났던 내담자들의 얼굴이 하나둘 떠올랐다. 그들의 눈물, 웃음, 그리고 변화의 순간들. 내담자들이 상담을 마치고 떠날 때면 "선생님 덕분에 제 삶이 달라졌어요"라고 말했다. 하지만 그들의 용기와 변화가 나를 성장시켰다.

상담은 단순한 직업이 아니었다. 그것은 점차 내 존재 방식이 되어왔다. 아직 완벽하지 않더라도, 나는 공감하고, 경청하고, 있는 그대로 수용하는 법을 배웠다. 그리고 이제는 그 태도로 나 자신을 대하는 법도 배우고 있다. 상담사로서 20년간 보낸 시간은 내 삶을 완전히 바꾸어 놓았다. 소진되었던 그 순간들조차 지금 돌아보니 성장의 기회였다. 퇴직 후에는 충분히 휴식을 취한 뒤, 지역사회에서 노인을 대상으로 집단상담을 진행하고, 블로그에 꾸준히 글을 올리며, 언젠가는 『인생 2막, 심리적 성장의 시간』이라는 책을 쓰고 싶다. 불안했던 마음은 이제 조금씩 기대와 설렘으로 바뀌어 간다. 우리 모두는 삶의 전환점에서 불안과 마주하게 된다. 하지만 그것은 새로운 시작의 신호일 뿐이다. 내가 내담자들에게 그랬듯이, 나도 이제 나 자신에게 따뜻한 공감과 지지를 보내며 살아갈 것이다. 직함이 사라져도 상담의 본질은 계속 빛날 것이다. 난 여전히 심리상담사다. 직함을 넘어, 존재 방식으로서의 상담사로.

너, 아직 살아있어

박선영

일상은 다양하다. 눈에 잘 띄지 않는 부분은 더 그렇다. 보이지 않는 부분을 찾아보는 일은 관심과 관찰이 필요하다. 부분을 들여다보는 일은 상상도 못 했던 장면을 볼 수 있고, 익숙한 것을 재발견하는 순간이 되기도 한다.

강의를 그만두고 학교를 나왔을 때 '실패'라는 단어가 먼저 생각났다. 성공이 '전체'라면 실패는 '부분'이다. 전체가 '큰'이라는 뜻이면, 부분은 '작은'의 의미다. 그러니까 나는 '실패한', '작은', '부분'이 되었다. 부분으로 멈춰 있는 나를 보는 일은 속상하고 우울했다. 여전히 '교수님'이라는 직함을 내려놓지 못하는 모습이 한심스러웠다. 화가 났다. 화는 통증을 수반했고 아팠고 그래서 울었다.

새벽 5시. 운동하면서 사진을 찍었다. 미명이라 카메라 플래시를 켜서 찍기도 하고, 희미한 가로등 불빛 아래서 찍기도 했다.

봄이 시작될 때는 일출이 빨라지면서 사진 찍는 일이 수월했다. 피사체도 겨울보다 많아졌다. 한파에 죽지 않고 숨어있던 풀과 이름 모를 작은 꽃들이 여기저기 피기 시작했다. 휴대폰 카메라를 열고 보이는 대로 찍었다. 비오는 날은 땅에 동심원을 그리는 빗방울을 찍으려고 집중하기도 하고, 육교에서 내려다보이는 8차선 도로를 찍기도 했다. 자동차가 없는 텅 빈 도로는 삶의 의미를 잃은 사람처럼 공허해 보였다. 차츰 주변에 관심이 생기면서 관찰하게 되었다. 평소에는 당연하게 보이던 사물이 카메라 렌즈에서는 새롭게 다가왔다. 때로는 주변에서 일어나는 현상을 직설적으로 보여줬다. 봄 꽃은 예쁜 것을 넘어 탄생을 이해하는 데 도움이 되었고, 개구리 배 터진 사체는 고통과 죽음을 이해하기에 적당했다.

풍영정천 산책로로 운동을 가려면 횡단보도를 건너야 한다. 운동을 끝내고 집으로 돌아가는 길에도 횡단보도를 건너야 한다. 도로를 사이에 두고 이쪽과 저쪽의 주변 풍경은 달랐다. 운동 시작점에 있는 횡단보도 주변은 가로수가 있었고, 운동 끝나고 집으로 돌아가는 길에 있는 횡단보도 옆에는 꽃밭이 있었다. 구청에서 도심 정화 사업으로 만든 꽃밭이었다. 신호등이 바뀌기를 기다리면서 사진을 찍었다. 3월 달이 시작되자 봄을 알리듯 꽃이 피기 시작했다. 매일 매일 다른 모습을 보였다. 웅크리고 있던 여린 초록색의 이파리가 갑자기 펴지기도 하고, 잎 두께가 굵어지면서 이파리에 무늬처럼 새겨져 있던 주름 개수가 늘기도 했다. 여름이 시작될 무렵 이파리에 감싸여 있던 꽃이 활짝 피었다. 하얗게 빛나는 꽃은 놀라울 정도로 달빛을 닮아 있었다. 가을에는 꽃잎의 끝자락이 누렇게 물들면서 한잎 두잎 떨어지더니, 가을이 끝날 즈음 꽃대만 남았다. 겨울에는 꽃대마저 베어지고 없었다. 사람의 일생을 보는 것 같았다. '나는 어느 계절에 서 있는 걸까.' 씁쓸했다. 강의할 때는 '교수'로, 사무실에서는 '소장'으로, 기관에서는 '이사'로. 무성(Genderless)의 직함만 있을 뿐, '나'는 사라지고 없었다. 시간은 누구에게나 공평하고 흐르고, 삶은 누구에게도 공정하다고 생각했는데 시간도 삶도 사라지고 없었다. 공정하지도, 공평하지도 않았다.

사계절을 주제로 6장을 골랐다. 2021년 3월, '마음을 만나다'라는 제목으로 '서학예술마을 구석집'에서 사진을 전시했다. 매일 전시장에 갔다. 사진을 앞에 두고 한참을 서 있었다. 어느 날은 생멸에서 탄생의 순서로 사진이 보이는가 하면, 어느 날은 봄에서 겨울에 이르는 순서로 꽃이 보이기도 했다. 내가 보고 싶은 대로, 내 느낌대로 사진을 감상하고 있는 내가 있었다. 마음이 이끄는 대로 사진을 감상하는 일은 스토리를 만들어냈다. 몇몇 방문객이 다녀가기도 했는데 그들도 마찬가지였다. 어떤 방문객은 계절의 끝을 담고 있는 마지막 사진에 관심을 보이고, 어떤 관람객은 봄을 알리는 첫 장면의 사진에서 발걸음을 멈췄다. 방문객마다 자신의 감정이 투사되는 사진을 보고 있었다.

> "합일을 이루는 세 번째 방법은 '창조적 활동'-예술가의 창조적 활동이든, 직공의 창조적 활동이든-이다. (… …)목공이 책상을 만들든, 금세공인이 보석 조각에 가공을 하든, 농부가 곡식을 기르든, 화가가 그림을 그리든, 모든 형태의 창조적 작업에서 일하는 자와 그 대상은 하나가 되고 인간은 창조 과정에서 세계와 결합한다.
>
> -에리히 프롬, 『사랑의 기술』, 황문수 옮김, 문예출판사, p35~36

전시가 끝나갈 즈음, 사진이 말을 걸어오는 듯했다.

"선영아! 너, 아직 살아 있어. 아직 꽃 피울 수 있잖아."

꽃은 찬란했고 아름다움은 처음부터 꽃송이 안에 함께 있었다. 사진을 찍는 일은 일상을 창조하는 일이었다. 사진전은 보이지 않던 부분의 나를 만나는 시간이자 공간이 되었다.

며칠 전 싹을 틔워서 현미밥을 하려고 현미를 물에 담갔다. 싹을 틔우는 조건이 까다롭지는 않지만 물을 자주 갈아줘야 하는 번거로움이 있다. 여름은 비교적 시간이 짧지만, 겨울은 실내에서도 며칠이 걸린다. 싹이 튼 현미를 카메라에 담았다.

"예쁘지?"

밭일을 하느라 답장이 늦는 언니가 빠른 답장을 보내왔다.

"어떻게 이걸 찍을 생각을 했어? 농사라고는 일도 모르는 사람이 사진으로는 농부가 다 됐네."

전체를 버리고 부분을 찍는 것은 지금도 여전하다. 아이를 기다리는 자동차 안에서 책을 읽을 때, 머리카락과 뒤섞인 먼지가 보이면 투덜대면서도 책상을 정리할 때 느낌도 비슷하다. 기록하기 위해 글을 쓸 때의 느낌도 비슷하다. 새로운 일상을 발견하는 즐거움이 있다. 매일 같은 방법으로 내가 나에게 다정해지니 일상의 새로움을 발견하는 일이 즐겁다. 나를 증명하기 위해 애쓰던 시간을 버리고 나니, 나를 발견하는 시간이 생겼다. 나를 찾는 것을 넘어 나를 만들어가고 있는 매일이 행복하다. 일상에 차츰 활력이 생기기 시작했다.

팔색조의 하루

소유

"소유야. 왜 너만의 색이 없어?"라고 물어본다면, 난 이렇게 대답할 거다.

"내가 왜 색이 없어? 나 팔색조야. 팔색조 몰라? 여덟 가지 깃털 색을 갖고 있는 작은 새!"

나는 무채색의 매력이 없는 바보 멍청이가 아니다. 자신감이 부족해서 표현 못 했을 뿐. 난 상황에 따라 각기 다른 매력이 있다. 나도 나를 알 수 없었던 과거와는 달리, 지금은 이렇게 뻔뻔하게 말할 수 있다. 소심해 보였던 내가 한국무용 콩쿠르에 나가 흔들림 없이 공연을 마쳤을 때, 나의 새로운 모습을 발견한다. '난 무대 체질인가 본데.' 가족들과 친구들은 깜짝 놀라면서도, 새롭게 알게 된 나를 인정해 준다. '딱 봐도 잘할 것 같았어. 해낼 줄 알았어.' 어깨에 힘이 들어간다. 특별한 사람이 된 기분이다. 어렵다는 임상심리사 시험을 한 번에 합격했다. 또, 새로운 나를 만났다. '내가 한다고 마음먹으면 해내는 사람이었네!' 너무 대견해서 안아주고 싶다.

아침에 눈을 뜨면, 통창 밖으로 펼쳐진 자연의 풍경을 보며, 경이로움을 느낀다. 산골짜기 사이로 해가 떠오르면 반가움으로 맞이한다. 시원하게 기지개를 켜고 일어난다. 거실에 있는 반려견 까미가 밤새 잘 잤는지 확인한다. 실크보다 부드러운 까미의 뺨을 쓰다듬는다. 아기처럼 꿈틀거리는 모습이 사랑스럽다. 까미의 영롱하고 순수한 눈망울이 나에게 반사되어 내 마음도 맑아진다. 까미와 산책로를 따라 정원을 둘러본다. 어떤 꽃이 피어 있는지 살핀다. 갑자기 뒤에서 프라다, 구찌, 샤넬이 나타나 큰소리로 '야옹' 하며 인사한다. 프라다, 구찌, 샤넬은 새끼 때부터 돌봐온 길냥이다. 우리 집이 안전해 보였는지 어미가 맡겨놓고 가버렸다. 세 마리 모두 너무 예쁘게 잘 컸다.

"얘들아. 안녕? 잘 잤어? 만져달라고? 밥 먹으러 가자."

우리 동네 냥이 중 미모 최상위권. 건강하게 잘 자란 고양이들을 보면서 뿌듯함을 느낀다. 상처는 없는지. 아파 보이지는 않는지 살펴본다. '음. 건강하군.'

남편은 분주하게 출근 준비로 바쁘다. 남편의 표정을 살피며, 컨디션을 확인하는데 표정은 부드러워 보이고, 안색도 좋아 보인다.

"뭐 필요한 거 없어? 따뜻한 차 한 잔 줄까?"

"응. 5분 있다가."

돌아오는 남편의 목소리가 다정하다. 오늘 기분 괜찮아 보인다. 남편에게 따뜻한 꿀차 한잔을 건넨다. 꿀차와 함께 출근하는 남편을 배웅한다. 주방에 있는 라디오를 켠다. 이제부터는 나의 하루 중 가장 여유로운 시간이다. 간단한 아침 식사에 우유를 넣은 에스프레소 한 잔. 달걀 오믈렛을 먹기 위해 까미가 자리 잡고 기다린다. 천사 같은 표정의 까미에게 오믈렛을 조금씩 나눠주며 행복감은 한계 초과다. 라디오에서 김동율의 '감사'라는 노래가 흘러나온다. 살아 있음을 감사한다는 것. 내가 사는 이유이기도 하다. 살아 숨 쉬는 생명은 사랑하고 사랑받으며 성장한다. 사랑은 가장 큰 기쁨이고 행복이다. 가끔씩 손님들을 초대해서 음식을 대접하고 함께 정을 나눈다.

"음식이 맛있어요. 집이 예쁘네요. 감각이 있으세요."

"행복해 보여요. 남편분 눈에서 꿀이 뚝뚝 떨어지네요. 엄청 사랑 하나 봐요."

"까미 너무 귀여워요. 저 오늘부터 까미 팬 하기로 했어요."

이런 말들을 해주니 기분이 좋다.

이런 평화로움이 감사하다. 새로운 나를 만날 때마다 기쁘고 감격스럽다. 관심과 인정에 목말랐던 어린 시절을 견뎌준 나에게 감사함을 느낀다. 이 정도면, 힘든 일을 마주했을 때 해결할 수 있는 초능력 슈퍼파워가 충분하다고 본다.

파도를 반갑게 맞이하는 서퍼처럼

이수현

감정은 피하면 사라지는 것이 아니라 쌓이고 쌓여서 눈덩이처럼 불어나 어느 날 내 삶을 흔들어놓는다. 흔들렸는지도 모르고 캔 뚜껑을 따면 넘쳐흐르는 탄산을 멈출 길이 없듯 감정이 폭발하면 주체할 수 없는 행동으로 이어질 수도 있다. 삶을 잘 유지해나가려면 평소 나의 감정을 잘 알아차리고 해소하는 것이 중요하다.

누군가와 친해지려면 자주 만나야 한다. 서로 이야기를 나누고 알아가는 시간이 필요하다. 감정과 친해지기 위해서는 내 마음속을 자주 들여다보아야 한다. 마음속을 들여다보면 지금 내가 무엇을 느끼는지 알아차릴 수 있다. 어떤 상황에서 누구와 함께 있을 때 느꼈는지 살펴보면 그 마음이 왜 나에게 나타났는지도 이해할 수 있다. 만약 과거에도 비슷한 마음을 느꼈던 때가 있었다면 그 감정의 역사도 따라가 볼 수 있다.

고통스러웠거나 해소되지 않은 날이 길었을수록 같은 감정에 대해 더 크게 반응하거나 괴로워할 수도 있다. 오랜 역사를 알게 되고, 이유를 이해하기 시작하면서 감정의 파도가 밀려와도 더는 그에 압도되지 않는 힘이 생겼다. 파도를 마주한 나 자신을 다독이며 위로를 건넬 수도 있었다.

감정을 느끼고 표현하는 것은 자연스러운 일이다. 불안하면 불안한 대로, 행복하면 행복한 대로 인정해도 괜찮다. '그럴만했네'라고 이해할수록 감정이 두렵거나 피해야 할 대상이 아니라 함께 살아가는 존재라고 생각하게 되었다.

나에게 불안은 친숙한 감정이다. 어린 시절부터 외로움과 두려움을 자주 느꼈고, 그런 상황들이 올까 불안해하는 날이 많았다. 막 초등학교에 입학했을 무렵, 부모님은 일하느라 바빠 집에 늦게 돌아오곤 했다. 당시 나는 주상복합에 거주했는데, 매일 낯선 사람들이 아래층의 음식점과 헬스장을 찾았다. 그러다 보니 돌아와 현관을 열고, 혼자 집을 보는 나는 긴장이 되곤 했다. 어떤 날은 낯선 사람이 현관 앞까지 올라온 적도 있었다. 많이 불안했지만, 부모님에게 말할 수 없었다. 내게 귀 기울일 여력이 없어 보였기 때문이다. 감정을 억누르며 그런 일이 없는 것처럼 행동하는 것은 내게 익숙한 일이 되어 갔다. 불안을 느끼는 것이 괴로웠지만 점차 익숙해졌고, 친한 느낌마저 들었다.

상담 대학원에 진학하고 상담을 받으면서 내 마음을 이해하고 다독이기 시작했다. 심리적으로 건강해졌다고 믿었다. 전보다 우울하거나 불안한 정도가 줄었고, 일상을 잘 보낼 수 있었다. 그렇지만 우울과 불안은 완전히 사라지지 않고 잊을만하면 때마다 찾아왔다. 내 예상과는 다른 일이었다. 건강해지면 그런 감정들이 사라질 것이라는 환상이 있던 것이다. 짜증이 나고 지긋지긋한 마음이 들었다. 우울과 불안에서 해방되는 길은 죽음뿐인 것 같았다. 그 정도로 고통을 느끼고 싶지 않은 마음이 컸다.

그러면서도 아이러니하게 어느 때는 내가 우울과 불안을 찾아간다는 생각도 들었다. 편안할 때도 왠지 무슨 일이 일어날 것 같아 불안했다. 기쁘고 즐거워도 그것이 곧 사라질 수도 있다는 생각에 충분히 행복해하지 못했다. 오랜 습관처럼 부정적인 감정을 느끼는 순간으로 돌아가곤 했다. 마음에도 관성의 법칙이 작용하는 것 같았다. 물에 물감이 퍼지듯이, 잔잔한 마음을 그대로 두지 못하고 우울과 불안 한 방울을 떨어뜨려 파장 일게 했다.

감정을 있는 그대로 받아들여야 한다고 생각하면서도 여전히 거부하고 있는 나를 발견했다. 우울과 불안은 언제든 느낄 수 있는 감성이나. 없앨 수 없다면 받아들이어야겠다는 생각을 하기 시작했다. 삶에서 우울과 불안을 완전히 떨쳐버릴 수는 없다. 충분히 찾아올 수 있는 자연스러운 감정이라는 것을 인정했다. 오히려 우울과 불안을 느끼는 것이 당연하고, 인간으로서의 자연스러운 모습이라는 생각이 들었다.

마음의 힘에 대해 다시 정의하게 되었다. 마음의 힘은 부정적인 감정이 없는 상태를 뜻하지 않는다. 감정을 느낄 수 있다는 걸 인정하고 받아들이는 것이다. 마주해 다독일 수 있는 것이다. 감정은 언제든 찾아올 수 있는 친구와 같다. 감정도 친구처럼 나에게 전할 말이 있을 때 찾아올 수 있다. 그렇게 생각하니, 마음이 편안했다. 따뜻하게 문 열어 맞아 주고 싶다. 좋은 자리에 앉게 하고, 서로 이야기를 주고받다가 잘 헤어지고 싶다.

결혼하면서 오래 살았던 경기도 북부에서 벗어나 완전히 낯설고 새로운 남부로 이사를 왔다. 차로 한 시간 정도 소요되었지만, 마음의 거리는 그보다 컸다. 여동생은 결혼해 부모님 집 근처에 살고 있었는데, 나는 멀리 이동해야 하니 슬픈 마음이 들었다. 다니던 직장은 일도 재미있고, 동료들도 좋았는데 이직해야 하니 아쉬운 마음이 컸다.

신혼 생활은 행복했다. 그러면서도 혼자 있을 때면 우울해지곤 했다. 친한 친구 B는 일산에 거주하는데, 통화하면서 나도 그곳에 있으면 좋겠다는 생각을 했다. 활기찬 직장생활을 듣고 있노라면 나도 내 일을 하며 즐거웠던 때가 떠올랐다. 전화를 끊으니 우울감이 밀려왔다. 우울을 들여다보니 직장을 잃었다는 상실감, 가족과 친구들과 떨어져 있다는 고립감이 있다는 것을 알게 되었다. 내 마음을 알게 되자 충분히 우울할 수 있다고 이해하고 인정할 수 있게 되었다.

감정을 인정하고 받아들이면서 위로를 건넬 수 있었다. 상실감과 고립감이 가득한 나의 마음을 해소할 방법을 찾기로 했다. 가족과 더 자주 연락하고, 시간이 날 때마다 만나러 갔다. 엄마와 밖에서 만나 전시회를 보러 가기도 하고, 맛있는 음식도 먹었다. 그 안에서 사랑을 느끼고, 마음이 채워졌다.

나는 점차 새로 살게 된 지역인 분당에서도 다른 사람들을 만나야겠다는 생각을 하게 되었다. 어느 날, 버스를 타고 가다가 눈에 들어온 화실이 있었다. 통창으로 되어 있는 멋진 화실이었다. 예전부터 그림을 그리고 싶던 나는 용기를 내 가보기로 마음을 먹었다. 새로운 사람들을 만날 수도 있다는 기대도 있었다. 그곳에서 음악을 들으며 자유롭게 그리고 싶은 것을 그리는 시간은 마음에 위로를 주었다. 화실 선생님과 대화를 나누는 것도 즐거웠다. 꾸준히 취미생활을 하면서 새로운 일상도 점차 안정을 찾아갔다. 만족감이 생기고, 또 다른 것을 시작할 힘이 생겼다. 작은 씨앗을 심으면 싹이 트고 나무가 되듯이, 사소한 활동은 일상에 활기를 불어넣는 계기가 되었다.

감정에 이름을 붙였다. 감성은 내게 무엇이 중요하고 필요한지 알려주고, 나를 나답게 살 수 있도록 해주었다. 우울에게는 우울이라고, 불안에게는 불안이라고 부르기 시작했다. 편한 친구가 찾아오면 잠옷 바람에도 문을 열어줄 수 있는 것처럼, 가장 자연스러운 모습으로 그들을 맞이하기 시작했다. 이제는 그들과 함께 있다고 해서 더는 마음이 무겁지 않다. 감정의 문을 활짝 여니 두 번째 인생의 문을 열 수 있게 되었다. 감정과 함께할 앞으로의 삶이 기대된다.

평생 동반자, 나의 감정

정미정

'마흔, 새로운 꿈을 품다'

2019년, 마흔이라는 나이에 새로운 도전을 시작했습니다. '100세 시대'라는 말이 익숙해진 요즘, 스스로에게 물었습니다. '이제는 나를 위한 시간을 가져도 될까?' 불혹은 '흔들리지 않는 시기'라 부르지만, 흔들림 속에서 새로운 가능성을 발견했습니다.

살림과 양육에 젊은 시절과 온 마음을 쏟았던 날들을 돌아보며 육아와 살림하는 능력 외의 가능성을 찾아 되짚어 보는 순간들을 가지게 되었습니다.

20대의 미술 전공, 30대에 취득한 미술심리자격증. 그리고 경력단절. 둘째의 출생 후 타지에서 육아를 도와줄 손길이 없어 전문분야의 학업과 일을 접었습니다. 어린아이들에게 엄마의 존재가 소중했기에, 그 선택은 자연스러웠습니다.

다시 공부한다면 첫째가 중학생, 둘째가 초등학생이라 육아, 살림, 학업이라는 세 가지 역할을 동시에 수행해야 했습니다. 어떻게 공부를 시작해야 할까 하는 고민의 시간이 있었지요. 관심 분야와 내가 잘할 수 있는 장점과 단점을 많이 떠올렸습니다.

이전부터 미술심리공부를 했던 경험과 자격증 등과 관찰력과 세심함, 공감과 몰입에 대한 장점들을 고려했지요. 여러 선배의 조언과 경험을 뒷배 삼아 바로 석사로 가는 길이 아닌 상담심리 학부부터 시작하는 것이 옳다고 판단했습니다.

배움의 시간을 보내면서 새로운 길이 보였습니다. 상담전문가라는 새로운 꿈을 안고 대학원의 문을 열었습니다. 석사졸업과 임상 및 상담심리학 박사수료까지 오랜 시간 동안 학업과 상담을 병행하게 되었습니다. 지난 시간 쌓아온 삶의 경험들이 더 깊이 있는 전문가로 성장할 밑거름이 되리라 믿고 집중했던 시간이었습니다.

공부할 당시 경기도 화성에서 서울 왕십리까지, 왕복 4시간의 통학은 새로운 도전이었습니다. 첫 등교하는 날, 새 노트북과 필기구를 챙기며 설렘과 두려움이 교차했습니다. 엄마와 주부의 역할을 잠시 내려놓고 학생이 되는 시간은 특별했지만 힘든 순간도 많았습니다.

지하철에서 서서 졸다가 넘어질 뻔한 적도, 복잡한 지하철 구조로 환승역을 놓쳐 헤매기도 했습니다. 집에 돌아오면 라면 봉지와 쌓인 설거지, 어수선한 집안이 기다렸고, 강의와 과제로 아이들과의 대화 시간도 줄어들었습니다. 남편을 향한 미안함과 원망이 공존했고, 체력적인 한계도 느꼈습니다. 하지만 이런 시간들이 오히려 저를 더 단단하게 만들어갔습니다.

4학년 1학기 과제로 내담자 경험을 하게 되었습니다. 심리검사와 저렴한 가격의 10회기 상담을 통해, 이론으로만 배우던 상담심리를 맛보는 시간을 가지게 되었습니다. 그때 어렴풋이 힘들었던 과거의 이야기를 풀어놓았습니다. 첫째 딸의 어린 시절 했던 말들이 떠올랐습니다. 딸아이는 착하고 친구들을 잘 도와주는 아이였습니다. 하지만 작은 교실 내에서 또래 엄마들의 치맛바람과 친구들의 말에 상처받았을 때, 저는 "참아", "어쩔 수 없어"라는 말로써 대부분을 대처했었습니다. 생각해보면 주변 시선을 의식하며 정작 아이의 마음을 외면했던 거 같아요.

"엄마는 왜 자꾸 참으라고만 해?" "걔네가 먼저 나쁜 말을 한 게 더 잘못된 거잖아." "엄마는 동생만 챙기고 나는 왜 안 봐?" 등 딸의 질문들과 투정들이 가슴을 후벼 파며 떠올랐습니다. 그리고 내담자 경험과 집단상담을 통해 제 안의 '그림자'도 보이기 시작했습니다.

과거 늘 일하느라 바쁘셨던 엄마를 기다리며 느꼈던 유년기의 외로움, 인정받고 싶어 애쓰던 불안감. 그래서인지 저도 모르게 타인의 시선을 지나치게 의식하고, 갈등을 회피하는 습관이 생겼던 것입니다. 남편과 나누었던 이야기 중 제가 한 말이 생각납니다. "우리 엄마는 평생 일하셨거든. 난 엄마가 집에 있는 친구들이 정말 부러웠어. 우리 아이가 학교에서 돌아오면 따뜻한 간식을 차려주고 이야기 나누는 엄마가 되고 싶어." 말하다 보니 제 유년시절이 떠올랐습니다. 겉으로는 씩씩했지만, 피곤에 지친 엄마 앞에서 저는 늘 우선순위에서 밀려났던 것 같았습니다.

대상관계이론을 배우면서 유년기의 애착 경험이 성격 형성과 환경 적응에 큰 영향을 미친다는 것을, '완벽해야 사랑받을 수 있다'는 왜곡된 믿음이 오히려 불안을 키웠다는 것도 알게 되었습니다. 그때는 몰랐지만 이제는 이해가 됩니다. 완벽을 추구하기보다 충분히 만족스러운 상태에서 순간을 즐길 수 있기를 소망하게 되었지요.

"오늘은 엄마가 공부하느라 저녁 못 만들었네. 족발에 막국수어때?"라고 물으면 아이들은 환호성을 지르며 좋아합니다. 식탁에 둘러앉아 족발을 뜯으며 나누는 대화는 더욱 특별했습니다. "엄마도 시험공부하기 싫을 때 있죠?"라고 묻는 아이들에게 솔직히 말합니다. "그럼~ 엄마도 너희처럼 침대에 누워서 스마트폰만 만지작거리고 싶을 때 있지." 이런 솔직한 대화는 아이들에게 위로가 되나 봅니다. "엄마도 그렇구나…" 하며 안도의 한숨을 쉬는 모습에서, 완벽하지 않은 모습을 보여주는 것도 때론 필요하다는 걸 알게 되는 순간이 있습니다. 시험공부에 지친 날이면 서로의 어깨를 두드려주며 "우리 조금만 더 힘내자"라고 격려하고, 간식으로 아이스크림을 나눠 먹으며 작은 휴식을 가집니다. 이런 소소한 일상의 변화가 우리 가족을 더 가깝게 만들었습니다. 완벽한 저녁 식사 대신 동네 반찬가게 음식과 햇반으로 때우는 날이 늘었지만, 오히려 그 시간에 나누는 대화가 더 풍성해졌습니다. 가장 시험이 빠른 대학생인 엄마에게 중고등 자녀들이 확인하지요 "엄마, 중간고사 기간이네!", "시험 잘 보셨어요?"라며 저에게 물어봐주며 관심을 보입니다. 부모인 제가 물어볼 질문인데 말이죠. '이렇게 바뀌어진 질문도 괜찮네'라고 생각이 스쳐 지나갑니다.

주말 아침, 집 근처 '보통리' 저수지에서 보내는 산책시간은 남편과의 특별한 일정이 되었습니다. 처음에는 코로나 시국에 마땅히 갈 곳이 없어 시작된 산책이었지만, 이제는 우리 부부의 소중한 시간이 되었습니다. 저수지를 한 바퀴 돌면서, 서로의 고민을 나누고 한 주간의 이야기를 풀어냅니다. 따뜻한 커피를 직접 내려 보온병에 넣고 캠핑의자를 꺼내 마십니다. 남편은 제가 공부하는 동안 살림과 육아를 묵묵히 도와주었습니다. "다시 공부하는 게 쉽지 않은 일이지" 한마디가, 지친 날들을 이겨내는 힘이 됩니다. 때로는 침묵 속에서 잔잔한 물결을 바라보기도 하는데, 그런 순간에도 서로를 이해하고 지지하는 마음이 전해집니다. 예전에는 바쁘다는 핑계로 미뤄두었던 부부간의 대화가, 이제는 주말 중 가장 기다려지는 시간이 되었습니다. 멈춤도, 돌아감도 필요합니다. 그 모든 순간이 나를 만드는 과정이었음을 깨달았습니다.

결혼을 통해 성장한 나

주순영

세상에 처음 온 아기는 낯선 환경이 두려워 울음을 터뜨린다. 알 수 없는 세상에 던져진 원초적인 불안일 것이다. 어머니 배 속에서의 아늑함과 편안함은 사라졌다. 힘찬 울음소리에 부모는 오히려 안도한다. 그렇게 우리는 의지와는 상관없이 세상에 나온다. 처음 세상에 나와 대면하는 대상은 대부분 부모다. 부모 중에도 엄마다. 유아에게 엄마는 절대적인 존재이다. 유아기의 정서적 경험은 일생에 영향을 미친다고 정신분석가 프로이트는 말했다. 발달 초기의 엄마와의 좋은 관계는 성인기까지 영향을 끼친다. 태아 교육이라는 말이 있다. 배 속의 태아에게도 부모의 정서는 전달된다. 엄마와 한 몸이 된 생명이기 때문이다. 매 순간 슬픔과 기쁨을 함께 느낀다. 돌이켜보면 결혼을 서둘러 하면서 아직 준비되지 않는 엄마였다.

나는 1986년도에 결혼하여 임신하고 무척 힘들었다. 중매로 불과 세 번 만나 4개월 만에 결혼했다. 남편을 따라 서울이라는 도시에 와서 적응해야 했다. 서울이라는 낯선 환경에서 오직 남편만 바라보고 살았다. 평소에도 말이 없는 남편은 갈수록 말이 없어졌다. 외롭고 우울했다. 결혼생활은 행복의 안식처가 아니었다. 환경이 바뀌면 새로운 유토피아의 세계가 펼쳐질 것이라고 기대했었다. 에리히 프롬의 『소유냐 존재냐』를 읽으면서 생각했다. 어디에도 유토피아는 없었다. 행복은 스스로 만들어가는 것이라는 것을 깨달았다.

내 마음은 점점 잿빛으로 물들어갔다. 이런 것이 결혼생활인가 하는 회의감에 자주 눈물을 흘렸다. 남편에게 헤어지자는 말을 꺼내기도 했다. 외롭다는 마음을 표현한 것이었다. 배 속에 생명이 자라고 있기에 무책임하게 이혼하려는 것은 아니었다.

태아도 입덧으로 먹는 것을 거부하는 것 같았다. 이렇게 엄마의 슬픔을 머금은 딸은 일찍 세상으로 나왔다. 아이는 체중이 2.06kg으로 정말 작았다. 곧바로 인큐베이터에 들어갔다. 간절하게 엄마를 찾는 듯했다. 첫 만남부터 울보였던 딸은 하루 두 번 면회 때마다 애처롭게 울어댔다. 보다 못한 우리 부부는 의사의 허락을 받아 9일 만에 아이를 데려왔다. 그런데 신기하게 엄마 품에 안긴 딸은 울지 않았다. 딸은 젖을 먹고 편안하게 잠이 들었다. 말이 없던 남편도 아이가 태어나니 웃음이 가득하고 행복해

했다. 가장으로 책임감 있고 든든한 남편이자 아빠로 자리매김해 갔다.

주부로서 8년을 보내는 동안 네 살 터울 두 아이의 엄마가 되었다. 어느 순간 나 자신이 사라지는 듯한 공허함이 찾아왔다. 설상가상으로 몸은 점점 쇠약해졌다. 무엇을 위해 살아왔는지 의문이 들었다. 길을 잃은 듯했다. 이유 없는 피로감을 자주 느껴 부인과 병원을 찾아 검진했다. 자궁암이 의심된다는 소견에 충격을 받았다. 눈앞이 깜깜해지면서 방향감각을 잃었다. 쏟아지는 눈물을 주체할 수 없었다. 가장 먼저 어린 아들딸이 생각났다. 엄마 없는 설움을 생각하니 눈물이 앞을 가렸다.

다행히 수술하고 회복하는 데 3년이 흘렀다. 집 근처 산을 등산하면서 몸이 회복되었다. 무언가 할 수 있을 것 같은 삶의 의욕이 생겼다. 힘든 과정이지만 가족이 있었기에 가능했다. 남편과 나의 간절한 기도로 가족들은 다시 웃음을 되찾았다. 부부는 고난을 통해 더욱 결속되고 소중함을 깨닫게 되었다.

아이들도 많이 자랐다. 둘째가 초등학교 5학년쯤, 한동안 잊고 있었던 상담공부를 시작했다. 타인을 상담하기 전에 자기 이해와 타인의 심리적 이해를 위한 공부와 수련이 상담자의 필수다. 가장 중요한 것은 상담자의 태도와 진정성이라고 생각한다. 자신을 깊이 알수록 타인의 내면세계를 이해하고 수용할 수 있기 때문이다. 청소년기관에서 상담하면서 어렵게 대학원 과정을 마쳤다.

두 자녀의 성장과 함께 22년 동안 청소년 상담자의 길을 걸었다. 상담자는 공부를 마쳐도 끊임없는 수련과 내적 자기 성찰이 필요하다.

처음부터 청소년상담에 관심이 있었던 것은 아니었다. 첫 아이를 양육하면서 시행착오를 겪었다. 딸이 또래관계에서 자신감 부족과 감정표현이 어렵다는 것을 알게 되었다. 그 원인이 딸을 통한 엄마의 대리만족을 위한 심리가 아니었을까 생각했다. 엄마 대신 딸은 당당한 커리어우먼이 되어주기를 바랐다. 무엇이든 잘하는 완벽한 아이가 되어주기 원했던 것 같다. 어른의 눈높이로 딸의 행동을 평가하곤 했다. 부모의 이기적인 태도는 자녀로 하여금 자신감을 잃게 한다. 부모의 욕심은 자녀의 마음을 병들게 하고 마음의 병은 겉으로 쉽게 드러나지 않는다. 뒤늦게 알게 되지만 내면의 상처 치유는 쉽지 않다.

나 역시 청소년 시기에 정서적, 경제적 결핍을 경험했기에 청소년의 아픔이 곧 나의 아픔이었다. 그들이 좌절과 고통을 이겨내고 마음을 치유하는 데 힘을 보태고 싶었다. 청소년은 정서적으로 취약하고 불완전하다. 홀로서기에 이른 시기이다. 그들은 자기를 찾아가는 여정에 있다. 상담자는 청소년과 몸과 마음을 같이하는 이인삼각 달리기처럼 호흡한다. 사춘기의 감정의 기복과 좌충우돌하면서 정체성을 찾아간다.

미래 세대인 청소년 정신건강을 개인 문제로 치부하면 안 된다. 국가와 사회, 그리고 가정이 함께 관심을 가져야 한다. 청소년 상담 기관에서 오랫동안 몸담고 일하면서 그들의 아픔과 함께 나는 성장했다.

마냥 행복하기만 했던 결혼생활이었다면 가정을 안식처로 안주하려 하지 않았을까. 여러 위기와 실수는 나를 찾아가는데 밑거름이 되어 주었다. 남편의 무심했던 마음도 아내의 성장을 같이 기뻐했다. 가정이라는 울타리를 돌보면서 감정이 흔들 일 때마다 나에게 집중하고자 했다. 여전히 부족하지만 나름 괜찮은 엄마로 아이들과 같이 성장하였다.

상담 일을 하면서 자존감도 회복되고 내적으론 단단해졌다. 지금의 정신적인 여유로움은 진정한 나로 나답게 사는 뿌듯함에 있다. 상담자로 성장하는데 가족은 디딤돌이 되어 주었다. 내적으로 성숙하게 영글어가는 딸과 든든한 아들은 나로 하여금 자만하지 않게 했다. 부족한 부분들을 돌아볼 수 있게 하는 소중한 보물들이다. 오랜 시간 함께한 가족이 있었기에 상담사라는 꿈을 이룰 수 있었다.

열등감과 수치심, 그리고 나

한원건

2010년 희망하던 대학에 모두 떨어진 후 도망치듯이 성적에 맞춰 대학에 입학했다. 입학식에서 학업우수자 상장과 장학금을 받던 이름 모를 동급생이 너무나 부러웠다. 입학 후 그 동급생처럼 인정받고 싶었다. 그리고 원하던 대학에 입학하지 못한 패배감에서 벗어나고 싶었다. 주변 사람들에게 인정받고 싶은 마음에 가장 먼저 강의실에 도착해 맨 앞자리에서 수업을 들었다. 그리고 태어나서 처음으로 수업 내용을 예습복습 했다. 그렇게 1학년 1학기 과에서 1등을 했다. 예상치 못한 성취였고, 그 순간 짜릿함이 너무 강렬했다. 그 후 새로운 목표를 세우고, 그것을 하나씩 이루어 나갔다. 성취할수록 내가 더 가치 있고 근사한 사람이 되는 것 같았다. 성취를 통해 나를 증명할 수 있을 것 같았다. 그리고 성취로 오랜 시간 느껴왔던 열등감과 수치심을 없앨 수 있을 것 같았다.

군 복무 후 더욱 성취에 집착했다. 남들보다 더 많은 것을 경험하고 성취하고 싶었다. 대학교 수업이 끝나면 야간학교에서 만학도와 학교 밖 청소년들의 검정고시 준비를 도왔다. 대학교에서는 국제교류도우미로 활동하며 유학생들이 적응할 수 있도록 한국어를 가르쳤다. 주말이면 유학생들과 함께 근교 유적지로 문화 탐방을 다녔다. 방학에는 안동시의료원에서 봉사활동을 했다. 그러면서도 주간에는 교내 보건실에서, 야간에는 기숙사 근로장학생으로 용돈을 벌어가며 생활했다. 그 와중에 시간을 쪼개어 간호학원에 다니며 간호조무사, 요양보호사 자격을 취득했다. 그리고 대학에서 사회복지학과 생약자원학을 복수 전공하며, 기능사 자격을 2개나 취득했다. 계획대로 목표를 하나씩 이루어 나갔지만, 이상하게도 마음 한편이 계속 허전했다. 목표를 달성하는 순간 스스로가 자랑스러웠고, 기뻤지만 그 기쁨은 오래가지 못했다. 다른 사람의 성취와 비교했고, 스스로 부족한 점을 끊임없이 찾았다. 곧바로 다음 목표를 정했고, 더 많은 성취를 위해 노력했다. 무엇이든 이뤄내고, 성취해야만 괜찮은 사람이 될 수 있을 것 같았다. 목표가 없으면 불안했다. 목표를 달성하지 못하면 스스로를 가혹하게 대했다. 유능한 사람, 성실한 사람, 부족함 없는 사람이 되고 싶었다. 하지만 어느 순간 진정으로 내가 무엇을 원하는지, 어디를 향하고 있는지 알 수 없었다.

학벌에 대한 열등감이 컸던 나는 대학을 남들보다 빨리 졸업하고 싶었다. 방학에는 계절학기를 들었고, 학기 중 추가학점을 이수했다. 조급함과 열등감으로 4년제 국립대학교를 3년 만에 조기 졸업했다. 복수학위자의 조기 졸업은 학과 개설 이래로 처음 있는 일이었다. 그런데도 나의 열등감은 해소되지 않았고, 더 많은 걸 바랐다. 그래서 매주 주말 새벽 5시에 일어나 안동에서 서울까지 왕복 8시간을 오가며 임상심리사 실습을 했다. 매주 교육을 들으러 가는 일은 너무나 힘들고 괴로웠다. 그 후에도 해외 봉사, 사회복지사 실습, 자격시험 준비까지 멈추지 않았다. 그런데 이상하게도, 어떤 목표를 달성해도 만족감은 오래가지 않았다. 새로운 목표를 세울 때는 열정이 생겼다. 그러나 막상 시작하면 지쳤고, 끝나고 나면 허무함이 밀려왔다.

'이제 그만해도 되지 않을까?'라는 마음이 들었지만, 멈추는 건 더 두려웠다. 대학 졸업 후 힘들게 입사한 정신건강전문요원 수련 과정에서도 스스로를 몰아붙였다. 오랜 기간 야근과 밤샘 과제 후 주어진 휴가에 쉬지 않았다. 그 휴가로 청소년상담사 자격 취득을 위한 교육에 다녀왔다. 수련 후 정신건강복지센터 입사 후에도 막연한 열등감과 수치심을 느꼈다. 다시 또 자격증을 취득하기 위해 퇴근하면 독서실로 향했다. 이후에도 여러 전문교육 이수, 이직, 더 많은 자격증을 취득하려고 애쓰며 살았다. 계속해서 앞으로 나아가야 한다는 강박. 불안과 열등감을 가지고 살았다.

2016년 정신건강복지센터 입사 후 막연하게 전문가가 되고 싶다는 마음에 중독재활상담학 석사과정에 입학했다. 대학원 재학 중 한국법무보호복지공단으로 이직했다. 이직 후 교도소와 보호관찰소에서 마약, 성, 알코올 중독으로 인해 법적인 처분을 받은 사람을 상담했다. 입사 후 한 내담자를 통해 나의 모습을 직면하게 되었다. 그 내담자는 마약으로 여러 번 교도소에 다녀온 40대 남성이었다. 내담자와 나는 전혀 다른 삶을 살고 있었지만, 삶의 방식과 태도에서 비슷한 부분이 많았다. 중독된 대상이 내담자는 마약, 나는 성취인 점만 다를 뿐이었다. 대상에 대한 강렬한 갈망과 강한 집착, 내면의 수치심과 열등감이 너무나 닮아 있었다. 내담자는 결핍을 마주하지 않고, 마약으로 해소하려 했다. 하지만 어떤 방법으로도 결핍은 해소되지 않았다. 나 역시 그랬다. 성취가 결핍을 해소하고 나를 증명해 줄 거라고 믿었다. 많은 것을 성취하면 불안과 부족함이 사라질 것으로 생각했다. 하지만 어떤 성취로도 열등감과 수치심은 해소되지 않았다. 큰 충격이었다. 나는 성취중독자였다. 그러나 충격은 잠시였다. 많은 중독자가 자신의 문제를 부정하듯이 나의 중독적인 모습을 부정했다. 그리고 어려움은 계속되었다.

다시 성취에 집착하기 시작했다. 끊임없이 부족한 부분을 찾고, 성취로 메꾸려고 고군분투했다. 성취를 이루고 또 이루어도 마음속 공허함과 열등감, 수치심은 그대로였다. 부족함을 들키고 싶지 않았다. 무엇을 달성해도 항상 공허했다. 성취 후에도 만족하지 못했다. 더 많은 성취를 이뤄야 한다고 압박하고 비난했다. 성취에 대한 갈망과 조급함은 나를 충동적으로 만들었다. 충동적인 퇴사 후 자살을 생각했던 그 날. 처음으로 모든 것을 내려놓았다. 그리고 외면하던 나의 진짜 감정과 마주하게 되었다.

성취에 대한 집착과 강한 자기 비난의 진짜 모습은 열등감과 수치심이었다. 열등감과 수치심은 나를 끊임없이 부족하고 가치 없는 존재로 느끼게 했다. 부족함에서 벗어나고 싶었다. 그리고 가치 있는 존재가 되기 위해 끊임없이 성취에 집착했다. 성취는 잠시나마 열등감과 수치심을 잊게 했다. 성취가 없으면 불안했다. 불안이나 공허감을 잊으려 쉼 없이 더 열심히 달렸다. 그리고 열등감을 덮기 위해 더 높은 목표를 세웠다. 쳇바퀴처럼 반복되는 성취중심 삶에서 나는 너무 지쳐있었다. 나를 진정으로 도울 방법은 성취가 아니라 감정 속에 있었다. 그래서 이제는 전처럼 무작정 목표를 향해 달리지 않는다. 멈추고 나서야 깨달았다. 그리고 감정은 부정한다고 사라지는 것이 아니었다. 외면할수록 더 깊이 자리 잡는다는 것을. 그리고 삶에 많은 영향을 미친다는 것을.

이제는 감정을 있는 그대로 바라보고 경험한다. 감정을 무작정 밀어내거나, 부정하지 않는다. 감정이 느껴지면 외면하지 않고, 그 감정이 무엇을 알려주는지를 묻는다. 그러다 보니 나의 진짜 감정과 마음을 이해하고 인정하게 되었다. 감정은 무섭고 두려운 것이 아니었다. 열등감과 수치심을 있는 그대로 마주하고 보살폈다. 성취하지 않아도 괜찮고 자랑스러운 나를 발견했다. 진정한 행복과 만족감을 느낄 수 있는 선택을 할 힘이 생겼다. 그렇게 내가 진심으로 무엇을 원하고, 어디로 가고 있는지 명확하게 알게 되었다. 감정을 인정하고 받아들인다는 것은 감정에 휘둘리는 것이 아니다. 열등감과 수치심을 마주하고 인정할수록 더는 나를 지배하지 않았다.

감정을 인정하고 돌보기 시작하자 진심으로 원했던 삶의 방향을 찾았다. 어쩌면 감정은 우리 삶에 솔직한 길잡이일지도 모른다. 그래서인지 감정은 언제나 우리 곁에 있다. 그리고 인정하는 순간, 우리는 흔들리지 않고 진정한 내 길에 설 수 있을 것이다.

5장

당신의 감정은 안녕하십니까

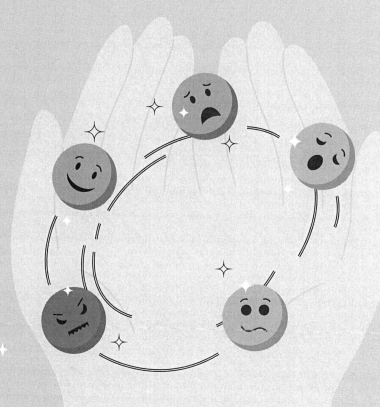

잘하지 않아도 괜찮아

강명경

어릴 때부터 딱히 잘하는 게 없었고, 자랑할 만한 것도 없었습니다. 직장 생활을 할 때는 실수하거나 잘못한 게 있는 건 아닌지 걱정이 들기도 했어요. 부족함을 채우기 위해 계속해서 무언가를 배워야 할 것 같았습니다.

임상 수련을 하는 초창기 시절, 제가 가진 상처는 괜찮아진 줄 알았습니다. 일상에서 별로 영향을 미친다고 생각하지 않았거든요. 집단상담에서 힘들었던 과거의 기억을 더듬고 꺼내는 용기를 냈습니다. 당시의 상황과 감정을 마주하게 되었을 때 횡설수설하며 혼란과 슬픔을 만났어요. 감당하기 어려워 억압시키고 숨겨둔 기억은 창피함, 수치심, 무력감, 미안함, 억울함 등 온갖 피하고 싶던 감정들이 함께 뒤섞여 있었습니다. 앞으로 어떻게 해야 할지 막막하고 절망스러웠어요. 처음에는 살기 위해서 일부러 기억을 잊어보려고 애를 썼습니다. 나약해 보이는 모습을 들키기 싫어서 감정도 억눌렀습니다. 그때 저의 스승님은 제 앞으로 다가와 두 눈을 바라봅니다. 아무 말을 하지 않았는데 눈물이 납니다. 천천히 손을 잡아줍니다. 그리고 어깨를 꼭 감고 품어주듯 안아주었습니다. 온기가 전해집니다. "잊어. 시간이 지나면 다 지나갈 거야"라는 위로와는 달랐습니다. 무언가 깊이 묵직하게 와닿는 느낌입니다. 힘든 상황에 놓이더라도 괜찮다는 진심이 가슴으로 전해져 진한 위로가 되어줍니다.

평화롭던 마음의 호수에 어떤 사건이 들어와 파동을 일으킬 때 물결 따라 감정들이 요동칩니다. 날씨가 화창한 주말 낮 1시, 상담을 마치고 나니 배가 많이 고픕니다. 점심으로 무엇을 먹을지 생각하며 좌회전 깜빡이를 켜고 2차선에서 신호 대기 중이었습니다. 초록불로 바뀌고 1, 2차선에 있던 차들은 일제히 왼쪽으로 회전합니다. '회전하면서 바닥 라인 넘어가지 않게 잘 보고 가야지' 하면서 도는데, 갑자기 흰색 테슬라가 빠앙~ 경적을 길게 울리며 뒤로 가까이 따라붙습니다. 바짝 긴장되고 심장이 두근거립니다. '내가 뭐 잘못했나? 그렇다고 저렇게 밀어붙일 일인가?' 싶은데 언제 제 옆으로 왔는지 테슬라의 보조석 창문이 열립니다. 얼굴을 보니 젊은 남자입니다. 저도 똑같이 창문을 내립니다. 그

는 다짜고짜 큰 소리로 "거기서 돌면 어떡해! 사고 날 뻔했잖아"라
며 반말로 따집니다.

순간 어이없고 화가 납니다. 잠시 저만의 시간이 영화 속 슬로
모션처럼 멈춥니다. 짧은 순간이지만 방금 전 상황을 떠올려봅니
다. 저 사람처럼 똑같이 화를 내서 따질지, 무시할지 고민해 보니
굳이 성질낼 필요가 없었습니다. 생각이 정리되니 신기하게 쑥 올
라왔던 화가 싹 걷히고 해야 할 말이 떠오릅니다. 저는 창문 밖을
향해 큰 소리로 "방금 그쪽이 서 있던 1차선은 좌회전이었던 거
아시죠?"라고 물으니 "직진할 건데 그쪽이 좌회전해서 사고 날 뻔
했잖아!"라고 따집니다. 아직도 본인이 뭘 잘못했는지 모르는 것
같아 다시 말합니다. "그쪽은 좌회전인 1차선에서 직진하려고 했
지만, 제가 서있던 2차선은 직진과 좌회전이 가능해서! 좌회전한
거예요. 여기 공사 마치고 이렇게 차선 변경된 지 좀 됐어요. 제
가 이 동네 살아서 잘 알아요. 그쪽 때문에 사고 날 뻔한 거예요."
그 사람은 제 말을 듣더니 당황한 표정을 지었지만 아무 말도 하
지 못합니다. 창문을 닫고 슬쩍 제 차 뒤로 가더니 어디로 갔는지
사라졌습니다. 갑자기 먹구름이 싹 걷히고 햇빛이 반짝 나는 기
분입니다.

제게 화를 낸 사람에게 똑같이 화를 내지 않은 것이 억울하고
답답하기보단 속이 시원했습니다. 예기치 못한 상황에서 저를 무

섭게 노려보며 다짜고짜 따지는 사람 앞에서는 긴장되고 무서웠어요. 얼음처럼 굳었고 주눅 들면 말이 꼬여 제 의견을 제대로 표현하지 못했고요. 이번엔 아니었습니다. 얼어붙었던 모습과는 달랐어요. 물론 긴장하고 당황하며 화도 났지만, 잠시 멈췄습니다. 상황과 감정을 바라보니 분별이 됩니다. 짧은 시간에 어떻게 해야할지 정리가 됩니다. 대뜸 따지던 그 사람에게 하고 싶은 말이 막히지 않고 논리적으로 술술 튀어나왔습니다. 버럭이에게 휩쓸리지 않고 대응을 잘 해낸 상황이 신기합니다. 그래서인지 일방적으로 화를 낸 그 사람이 미안하다고 사과하지 않아도 아무렇지 않았어요. 오히려 '저 사람은 내 탓을 했는데, 자기 잘못을 알고 나서 얼마나 민망했을까' 하며 상대방의 입장까지 헤아리는 여유도 생깁니다. 감정에 휩쓸려 행동하지 않은 제가 기특하고 좋았습니다. 오늘 한 건 했다는 생각에 통쾌합니다.

고등학생 때는 20살만 되면 그때부터 모든 것이 자유롭고 걱정 없을 것 같았습니다. 돈이 없고 진로가 불투명했던 20살 때는 30대가 되면 잘 나가는 커리어우먼처럼 멋지게 살 줄 알았습니다. 미래에 이루어졌으면 하는 변화를 꿈꿨죠. 언젠가는 바뀔 것 같았거든요. 진로는 불투명했지만 '나 혼자 먹고살지 않고, 누군가에게 도움을 줄 수 있는 사람'으로 살고 싶었어요. 사람이 성장하는 과정에서 가족이 가장 중요하다는 생각이 들어 하고 싶은 공부를 선택했어요. 잘하지는 못하지만 계속해서 도전했죠. 그러다가 살면서 경험해보지 못한 상처를 받았고, 트라우마로 남겨진 괴로움은 어떤 파장으로 이어졌는지도 모른 채 오래도록 자신을 거부하는 고통 속에 있었습니다. 몇 년간 과거의 시간에 묶여 발버둥 치며 벗어나려고 해도 어려웠는데, 스승님의 두 눈과 마주하는 순간, 깊게 다가온 위로는 치유의 시작이었습니다. 아무런 조건 없이 사랑의 마음으로 품어주었습니다. 헤어나기 어려웠던 기억과 감정의 늪에서 씨름하다가 치유받은 경험을 한 후, 알아차림의 순간과 감사한 마음이 드는 상황이 많아집니다. 인생은 아직 즐겁고 살 만합니다. 10년도 더 된 일이지만 여전히 따뜻함, 감동, 감사가 느껴집니다. 상담사로서 내담자를 만날 때, 잊지 못할 그 순간의 느낌을 전달하고 싶습니다.

아이가 넘어질 때 "괜찮아?" 하고 걱정하는 마음처럼 자신의 상처에서 아픈 순간을 알아차릴 때가 있습니다. 그때 자신에 대한 연민이 일어난다고 합니다. 어쩌면 저도 알아차린 다음부터 나타난 것 같습니다. 어른이라고 생각한 사람에게 깊은 상처를 받았지만, 앞으로 세상을 배워가는 아이들에게 따뜻한 선생님이 되어주고 싶습니다. 그래서인지 의식하지 않아도 아이들에게는 좀 더 친절하게 말하고, 따뜻하게 바라보며 환하게 웃어주게 되나 봐요.

내면에 온전히 주의를 기울이고 들여다보는 것은 중요합니다.

감정은 불편하게 만들기도 하고, 억누르려 할수록 강하게 밀려오기도 합니다. 하지만 지금 느껴지는 상태를 존중하고 자연스럽게 흐르게 하면 어느 순간 편안해집니다. 상담자로서 늘 깨어 있으려고 하지만, 인간으로서도 가져야 할 중요한 자세인 것 같습니다. 저를 괴롭히는 마음이 흙탕물 속에서 다툴 때, 지금 느껴지는 부정적인 감정을 두려워하지 않고 자각합니다. 제가 살아가는 세상과 적극적으로 관계를 맺는 것이 치유되는 과정인 것 같습니다.

시간이 흐르면서 제 안의 다양한 감정들과 더욱 친해지고 있습니다. 어떤 일이 있었는지 대화를 나누면서 자연스럽게 제 삶의 일부가 됩니다. 함께 살아가는 법을 배우면서 삶이 더욱 단단해졌다는 것을 느낍니다. 그렇게 오늘도 저의 마음을 존중하고 함께 살아가는 법을 배웁니다. 무언가를 꼭 잘하지 않아도 우리는 그 자체로 소중한 존재입니다.

감정, 나의 손님으로 초대하기

김신미

우리는 하루에도 수없이 많은 감정을 경험한다. 하지만 막상 "지금 내가 느끼는 감정이 정확히 무엇일까?" 하고 스스로에게 물으면, 선뜻 답하지 못하는 경우가 많다. 20년 넘게 상담사로 일하며 수많은 사람을 만나 보았지만, 놀랍게도 많은 이들이 자신의 감정을 즉시 알아차리는 것을 어려워했다. 감정을 단순한 기분 변화로 여기기보다, 그것이 우리에게 보내는 중요한 신호임을 이해하는 것이 중요하다.

마음 챙김 명상(MBSR)은 현재 순간의 감각과 느낌에 집중하는 명상법이다. 한국에 처음 도입되던 시기, 근무하던 곳에서 장현갑 선생님의 워크숍을 들을 기회가 있었다. 선생님은 그 자리에서 '삶의 뿌리를 송두리째 흔들어 놓은 끔찍한 사고'로 가족을 잃고 자신도 크게 다쳤던 경험을 들려주셨다. 하지만 그는 명상을 통해 다시 삶을 일으켜 세웠고, 그 이야기는 내게 깊은 울림을 주었다. 이후, 나는 감정을 대하는 나의 태도를 돌아보게 되었다. 감정은 억누르거나 외면해야 할 대상이 아니라, 있는 그대로 바라보고 수용해야 하는 존재임을 깨닫게 된 것이다. 그 무렵 잘랄루딘 루미(Jalal al-Din Rumi)의 시 '여인숙'을 만났다. 감정을 손님에 비유한 이 시는, 내가 상담실에서 늘 고민하던 감정의 존재방식을 아주 단순하지만 아름답게 풀어내고 있었다.

> 어두운 생각, 부끄러움, 후회
> 그들을 문에서 웃으며 맞으라.
> 그리고 그들을 집 안으로 초대하라.
> 누가 들어오든 감사하게 여기라.
>
> -잘랄루딘 루미, 『사랑하라 한 번도 상처받지 않은 것처럼』,
> 류시화 역, 오래된 미래, 2008, p14~15

감정이라는 손님이 찾아왔을 때, 문을 열고 따뜻하게 맞이해야 하는 이유를 이 시는 명료하게 전하고 있었다. 그때부터 나는 상담실에서 감정을 이야기할 때면 종종 '손님'이라는 단어를 꺼내들었다. 익숙하지 않은 감정을 손님이라 부르면, 낯설고 두렵던 감정도 조금은 부드럽게 느껴질 수 있기 때문이다.

감정은 늘 예고 없이 온다. 아주 사소한 말 한마디에, 오래된 기억 하나에, 혹은 특별한 이유 없이도 감정은 갑작스럽게 들이닥

친다. 그 손님을 어떻게 맞이하느냐에 따라 우리의 삶의 온도가
달라진다.

오히려 감정이 다가왔을 때, 차 한 잔을 내어 주듯 따뜻하게
맞이하며 "무슨 일로 왔니?" 하고 물어보는 것이 중요하다. 감정
을 피하기보다 천천히 마주하는 것, 그것이 감정을 다루는 첫걸
음이다.

최근 만난 A 병사가 떠오른다. 그는 군대에서 누구보다 모범적
인 병사였다. 실수 없이 완벽하게 생활했다. 하지만 3개월쯤 지나
자 이유 모를 답답함과 분노가 치밀어 올랐다. '그냥 시간이 지나
면 괜찮아지겠지…' 버텼지만, 결국 불면증에 시달리고 전우들과
도 문제가 생겼다. 상담실에 찾아온 그는 깊은 한숨과 함께 말했
다. "제 심장을 꺼내서 차가운 얼음 위에 식히고 싶어요." 알고 보
니 그는 입대 전까지 '잘하면 칭찬받고 보상받는다'라고 믿어 왔
다. 하지만 군대에서는 잘하는 것이 당연한 일이었고, 실수하면
혼나는 곳이었다. 상담을 통해 알게 된 것은, 그가 마음속 깊이
쌓아왔던 감정이 단순한 답답함이 아니라 '인정받고 싶다'는 간절
한 욕구였다는 점이다. 많은 사람이 감정을 구체적으로 표현하지
못한다. '기분이 안 좋아요'라는 말 뒤에는 사실 수많은 감정이 얽
혀 있다. 얼마 전 만난 B 병사도 처음엔 '너무 힘들어요'라고만 했
지만, 이야기를 나누다 보니 그 안에는 외로움, 압박감, 자기 자신

에 대한 실망이 있었다. 감정은 마치 양파와 같아서 한 겹 벗길 때마다 그 속에서 또 다른 감정이 드러난다.

우리는 종종 감정을 숨기려 한다. '괜찮아, 별일 아니야'라며 덮어 두지만, 그렇게 묻어둔 감정은 결국 더 큰 폭발로 이어진다. 마치 압력밥솥의 증기처럼, 어디선가는 터져 나올 수밖에 없다. 그래서 나는 매일 저녁 10분이라도 시간을 내어 자기감정을 들여다보라고 권한다. 마치 하루를 정리하듯, 조용히 자신의 감정과 대화를 나누는 것이다. 예를 들면 이런 식이다.

'오늘 동기가 내 말을 무시하는 것 같아서 화가 났다. 사실 난 내 의견도 존중받고 싶었는데….'

심리학자 칼 로저스는 이렇게 말했다. "있는 그대로의 나를 받아들일 때, 비로소 변화가 시작된다."

감정도 마찬가지다. 있는 그대로 인정할 때, 감정은 우리를 지배하는 것이 아니라, 우리를 도와주는 존재가 된다. 기쁨은 우리가 무엇을 좋아하는지, 슬픔은 무엇을 잃었는지, 화는 우리의 어떤 경계가 침범되었는지를 알려준다. 심지어 두려움조차도 우리를 보호하려는 신호다. 몸이 아플 때 열이 나는 것처럼, 감정도 우리 마음의 상태를 알려주는 신호등과 같다.

어릴 때부터 '감정을 드러내면 약하다'는 메시지를 듣고 자랐다. '울지 마, 화내지 마, 참아야지'라는 말을 익숙하게 들으며 감정을 숨겨야 하는 것처럼 느껴진다. 하지만 감정은 마치 날씨와 같다. 비 오는 날이 있듯, 햇살이 가득한 날도 있는 법이다. 결국 중요한 것은 이것이다. 감정이라는 손님이 찾아왔을 때, 문을 열고 "어서 와, 무슨 일이야?" 하고 따뜻하게 맞이하는 것. 감정 손님과 차를 마시며 그들이 전하는 이야기를 들어보는 것이다. 그러면 그 손님은 할 일을 다 했으니 조용히 떠날 것이다. 마치 속 시원한 이야기를 나누고 가벼운 발걸음으로 돌아가는 손님처럼. 그래서 나는 오늘도 감정 손님을 맞이한다.

"반가워! 무슨 이야기를 전하러 왔어?"

사랑의 기술

☺ ～～～～～～～～～～～～～～～～～～～～～～～～～～ ☻

박선영

내가 나에게 종종 질문하곤 한다. '나는 온전해질 수 있을까'

혼자 하는 운전은 여전히 잘하고 있다. 독서는 함께 할 수 있는 '보통의 일'로 가치를 두고 즐기려고 하고, 글쓰기는 혼자 해야 하는 일이다. 혼자 할 수 있다는 기쁨에 '특별한 일'로 의미를 부여하려고 한다. 이렇게 정리하니 길이 보인다. 길이 넓어진다. 그 길에 내가 꼭 갖고 싶은 무기가 있다. 다정함이다. 내가 나에게 보내는 다정함이다.

막내의 등원 라이딩을 마치고 집에 돌아가는 중이었다. K에게 전화가 왔다. 최근에 할머니가 됐다는 소식이 '이너포커스' 사진 동호회 단톡방에 올라왔다. 전화를 했는데 연결이 되지 않아 축하 문자를 남겼다. 문자를 보고 인사 차 전화한 것이리라. 동네 지하차도를 지나서 전화를 받았다.

"할머니 되신 거 축하드려요."

"고마워요. 출사 마치고 귀국하는날 출산 소식을 들었어요. 애기 얼굴은 보고 전주집으로 왔어요. 그런데 요즘 어떻게 지내세요?"

K의 질문에 머리가 멍했다. 어떻게 대답해야 할지 막막했다.

"콕콕하고 있어요. 아파트콕, 집콕요."

막내가 고3이다. 키뿐 아니라 모든 게 나보다 크다. 하다못해 엄지손톱도 나보다 크다. 생활의 중심이 아이에게 맞춰져 있다. 체력을 위해 운동을 하겠다는 아이를 돕기 위해 새벽 수영장 라이딩을 하고 있다. 새학기가 시작되면 등하교 라이딩도 해야 한다. 이것저것 먹는 것을 좋아하지만 건강식을 하고 싶다고 해서 식단도 신경 쓰고 있다. 집착 같은 정성을 쏟고 있다. 막막하던 것과 달리 K에게 사정을 말하는 데 몇 분이 소요됐다. 나의 상황을 설명하는 데 몇 분이면 되는데 생활은 단순하지 않다. 일상은 바쁘고 마음은 분주하다.

"아이고 애쓰네요. 나는 박 선생처럼 아이들을 돌본 사람이 아니어서 잘 모르겠어요. 대한민국에서 공부하는 아이들은 다 힘들지. 그런데 엄마가 더 힘들지 않을까? 그 재능을 누르고 '콕콕' 하고 있으니 얼마나 힘들겠어! 우리 일 년 잘 견디고 내년에는 날개 답시다."

K는 국내뿐 아니라 해외 출사를 다니고 전시를 하는 사진작가다. ○○시립도서관 프로젝트였던 '도전, 작가되기' 프로그램에 참

여했다가 수강생과 강사로 만난 사이다. 수강 첫날, 사진작가라고 소개하는 K의 헤어 스타일은 '캔디', 이미지는 '빨간머리 앤' 느낌이었다. 밝고 경쾌한 모습이 좋아 보였다. 수업 시간에 K에게 사진을 보여줬다. 사진 주제로 괜찮다고 했다. 그 이후에도 종종 사진을 보여주고 글도 보여줬다. 글도 잘 살려보라고 했다. 사진 에세이를 계획하고 있었는데 K의 격려에 벌써 출판이 된 듯 설레고 기분이 좋았다. K는 혼자보다는 여럿이 할 때 힘이 생긴다는 의견과 함께 사진 동호회를 소개했다. 주제를 정해서 일 년간 출사를 하고, 다음 해에 전시하는 동호회다. 2023년 가을, 스페인 해외출사에 동행했다. 카메라도 없이 참석했다. 대신 용량과 화질이 좋은 핸드폰 카메라로 사진을 찍었다. 2024년 4월27일부터 한 달간 '사진공간 눈'에서 전시한 '세계를 기록하다'에 참여했다. 핸드폰 카메라로 찍은 사진을 확대하니 화질이 깨질 수밖에 없었다. 전문가가 보기에 적당하지 않은 사진이지만 회원 중 어느 누구도 부적합하다고 말하지 않았다. 그저 너그럽게 초보자의 사진을 받아주고, 전시에 참여할 수 있게 격려하고 칭찬했다. 그런데 내가 타인이 되어 받는 칭찬과 격려는 어색했다.

'얼마나 힘들겠어', '얼마나 힘들겠어.' 전화를 끊고도 K의 말이 계속 생각이 났다. 싱잉 볼(singing bowl: 명상도구)에서 소리가 울리는 것처럼 웅웅거렸다. 머릿속은 생각으로 가득했다. '위로의 말인데 왜 슬프지?' 결론도 없이 눈물은 계속 흘렀다. 작년까지만 해도 이너포커스 회원으로 활동할 수 있다는 기대와 K를 닮고 싶다는 소망이 충만했다. 그런데 지금은 라이딩하는 엄마라니!

곧 3월인데 한겨울인 양 눈이 제법 내렸다. 옷장의 옷도 겨울과 봄이 뒤섞여 있었다. 아이가 입을 겨울 외투를 챙겼다. 집에서 입고 있던 대로 나와서 그런지 늦은 시간 학원 앞에서 기다리기엔 날씨가 많이 추웠다. 차 안에서 히터를 틀고 있어도 손발은 차가웠다. 낮의 전화 통화가 생각나서 마음도 스산했다.

-엄마, 어디?

-학원 근처.

-웅웅, 지금 내려가요.

아이에게 톡이 왔다. 학원 건물의 유리문을 열고 나오는 아이의 걸음걸이에서 '공부하는 아이들은 다 힘들지'라는 K의 말이 유리창에 비치듯 떠올랐다.

"추워, 잠바부터 입어."

아이에게 옷부터 건넸다.

"엄마는 안 추워? 나는 학원에서 따뜻하게 있었어. 엄마가 더 춥겠고만."

잠바를 들더니 내 무릎 위를 덮어줬다. 눈물이 안 날 수가 없었다. '졸졸졸' 정수기 물처럼 흐르던 눈물이, 콸콸콸 세탁조에 물

떨어지듯 흘렀다. 나보다 더 나를 알아주는 아이, 엄마의 선택을 최고라고 말해주는 아이. 아이의 사랑이 크게 다가왔다. 사진 동호회의 배려도, K의 위로하는 말에서도 아이의 표현에서도 나를 존재하게 하는 힘이 느껴졌다. 배워야 할 기술이 하나 더 늘었다. 타인을 이해하고 배려하는 기술을 나에게도 적용해 보는 것이다. 나를 사랑하는 기술이다. 집으로 향하는 도로에 '내년에 날개 답시다'라는 소리가 레드카펫 깔리듯 펼쳐지고, 헤드라이트가 그 위를 환하게 비치고 있었다.

자유로운 영혼

소유

나를 이해하게 되면서 엄마를 용서하는 일이 가능했다. 용서를 통해서 엄마와 연결되어 지독하게 나를 힘들게 했던 탯줄이 끊어진 것 같다. 난 더 이상 힘없는 어린아이가 아니다. 원한다면 어디로든 자유롭게 날 수 있는 영혼의 소유자가 되었다.

어느 날, 엄마에게서 연락이 왔다. 마흔에 둘째를 임신한 올케에게 '나이 들어서 임신하니까 많이 힘들지?'라는 문자를 보냈다고 한다. 바로 남동생이 엄마에게 따지듯이 전화했다. 안 그래도 노산이리 걱정이 많은데, 아픈 곳을 건드려서 풍파를 일으키냐며 와이프에게 사과하라는 내용이다. 엄마는 '올케가 걱정돼서 한 말인데, 왜 자꾸 문제가 되는지 모르겠다'며 고민을 털어놓으신다. 작년에는 올케의 돌아가신 엄마 얘기를 꺼내서 문제가 됐었다. 말

실수였다고 이해하고 넘어갈 수도 있지만, 동생 부부가 이혼 얘기까지 나올 정도로 심각했고, 이런 일들이 반복되다 보니, 엄마의 변화가 시급하다. 임신은 나이에 상관없이 힘들다. 노산이라 걱정하던 올케의 불안을 더 자극했을 거라는 짐작이 된다. 다행인 것은, 올케가 불편한 감정을 쌓아두지 않고 표현했다는 것이다. 엄마 마음속에 있는 부정적인 감정들이 상대를 배려할 틈을 주지 않는다. 엄마는 모든 관계에서 피해자라는 생각을 하신다. '너희 아빠를 만나서 고생만 했지. 너만 생기지 않았으면 결혼 안 하는 건데, 내가 너희들한테 뭘 그렇게 잘못했다는 거니? 너희 친척들 다 나한테 그렇게 함부로 대하더니 지금 벌받는 거야. 교회에 가도 가진 사람들은 대우해 주고, 나 같은 사람은 무시한다. 사람들 안 만나고 혼자 조용히 사는 게 나아. 상처만 받아.' 이렇게 비관적인 생각들이 가득하다. 다른 사람을 걱정하는 따뜻한 말을 하기가 어려운 상태다. 걱정하는 말에 조롱섞인 말이 동시에 나올 수 있다. 견뎌온 삶이 팍팍하셨나 보다. 엄마 마음의 불편한 부분을 덮을 수 있는 긍정적인 기억을 찾아야 하는데. 가능할까? 우선, 엄마가 임신했을 때 좋았던 기억을 떠올려 보시게 했다.

"좋은 기억이 있어야 말이지."

"아주 사소한 거라도 분명히 있을 거야. 소소하고 별거 아니지만 좋았던 기억."

엄마는 상처받은 부분들을 너무 크게 기억하고 있다. 기분 좋았다는 얘기는 거의 들어본 적이 없다. 비련의 여주인공도 아닌데 항상 결말은 상처였다.

"상처 없는 사람은 없어. 엄마가 상처만 생각하고 살면 그런 사람이 되는 거지. 바보같이 상처만 받고 사는 사람이지. 그런데 엄마도 우리한테 상처 많이 줬어. 특히, 엄마가 받은 거 내가 다 되받았어. 상처만 받은 사람 아니고 상처도 많이 줬어. 그러니까 쌤쌤이야."

"그래. 미안해. 사는 게 힘들어서 너희들한테 사랑을 못 줬나봐. 서로 잘 챙겨주고 살았으면 행복했을 텐데. 그때는 아무것도 몰랐어."

"나는 엄마 몇 년 전에 이미 용서했어. 상처만 생각하면 너무 불행하잖아. 그러니까 이제 좋은 기억을 찾아봐. 분명히 있을 거야. 매일매일 생각해 봐."

'용서? 이 말이 왜 나온 거지? 엄마를 너무 쉽게 봐주는 것 아닌가? 내가 정말 용서를 한 게 맞나?' 용서라는 말을 하고 나서, 잠시 후회했다. 그와 거의 동시에, 엄마하고 대화가 끝나지도 않았는데, 놀라운 일이 일어난다. 거의 평생 손목과 발목을 묶고 있던 굵고 단단한 쇠사슬이 슬로 모션으로 철컹! 철컹! 풀리는 느낌이다. 몸이 너무 가벼워져서 날아갈 것 같다. 내 몸에서 광채가 느껴진다. 새로 태어난 듯 상쾌한 기분이다. '난 이제 완전한 자유야! 나를 해방시킬 수 있는 사람은, 다름 아닌 나였어! 내가 했다고!' '그래! 엄마는 자신이 익혀온 방식으로 열심히 살았을 뿐이야. 나는 내 방식으로 최선을 다해 살아왔고, 다양한 방법을 배워서 조금 더 알 뿐이야.' 이것은 정서적 분리! 이제 진정한 나를 찾았다. 여기까지 오는 시간은 길고 긴 여정이었다. 그래서 더욱 값지게 느껴진다. 나를 이해하기 시작하면서 다른 사람을 바라볼 여유가 생겼다. 요즘 나의 수식어는 푼수, 돌아이다. 나는 그 수식어가 나쁘지 않다. '나는 푼수기도 있고, 똘기도 있어요'라고 대놓고 이야기한다. 그런 내 모습이 귀엽고, 자신감 넘쳐 보인다. 명치를 누르고 있던 쇳덩어리 같은 답답한 무언가가 말끔히 사라졌다. 짓누르던 1톤 정도가 빠져나간 느낌이다. 무(無)의 상태인 것처럼 몸이 가볍다. 요즘은 할 말이 많다. 그냥 말이 하고 싶다. 싱거운 농담도 하고 싶다. 그래서 아재 개그를 한다. 남편이 들어주고 반응해 주니까 좋다. 어이가 없다며 실소를 날린다. 상대방이 듣고 싶어 하는 말도 해주고 싶다. 나의 건강하고 적극적인 성격이 표출되고 있다. 또 놀라운 것은 MBTI가 INTJ에서 ENTJ로 바뀌었다. 오십 년을 넘게 살면서, 당연히 내성적인 성향이라고 믿었고, 검사 결과도 완벽한 내향형이었다. 자유로운 영혼으로 거듭나면서 외향형이 된 것일까?

"소유 씨는 내향형 같지 않은데, 내향형은 그렇게 자신 있게 말 못하는데."

이웃에 사는 정원 언니가, 식당 사장님과 자연스럽게 이야기 나누는 내 모습을 보고 하는 말이다. 내 말투와 행동이 당차 보였나 보다. '음. 기분 좋은데.' 흐뭇한 기분이다. 외향형인 사람들이 부러웠다. 밝고, 웃음도 많고, 화나는 일이 생기면 화내고, 슬픈 일이 있을 땐 마음껏 울기도 하고, 농담도 잘해서 인기도 많고, 자신의 감정에 솔직하고 적극적인 사람. 어! 지금 내 모습인데!

아직 감정을 표현하는 것이 서툴 때도 있지만, 표현할수록 삶이 풍요로워진다는 경험이 있기 때문에, 익숙해지는 것은 시간문제다.

파도 위에서 바라보는 세상

이수현

감정이 받아들여지지 않거나 억압되면 어느 순간 작은 일에도 크게 터져 나오고, 몸의 아픔으로 나타난다. 고통이 느껴지기 시작했다면 이제는 마주해야 한다는 신호일 수 있다. 어쩌면 고통이 고통이라는 것조차 깨닫지 못할 수도 있다. 삶이 버겁고 힘든데 특별히 이유는 알 수 없다면 나의 감정이 소화되지 못하고 있는 것은 아닌지 돌아볼 필요가 있다.

나의 삶에서 희미했던 감정들은 그 존재를 발견해줄 때 또렷하게 떠올랐다가 해소되어 흘러갔다. 그러면 일상을 다시 잘 살아갈 수 있었다. 나는 김춘수의 꽃이라는 시를 좋아한다. 이름을 불러주었을 때 그에게로 가 꽃이 되었다는 것은 그 존재를 알아봐 주는 것이 얼마나 의미 있는지를 말하고 있다. 마음속 감정을 알아봐 주기 시작하면 더 활력 있고 생생한 삶으로 이어진다.

긍정적인 변화는 오로지 내 안에만 간혀있던 시선과 관심이 타인에게로 향하게 되었다는 점이다. 감정을 만나고 나면 고통에서 눈을 들어 주변을 바라볼 수 있었다. 다른 사람의 말과 표정, 행동, 몸의 움직임 속에 담긴 감정들이 무엇인지 관심 가지게 된 것이다.

내가 나의 감정을 만나지 못할 때는 타인의 감정을 바라보는 시선도 무뎠다. 화를 참고 지내는데 타인이 화를 내면 받아들이기가 어려웠다. 나의 화나고 슬픈 마음을 받아주고 이해할수록 타인의 화와 슬픔도 받아들일 수 있는 능력이 생겨났다. 그동안은 나에게 미칠 영향을 생각하며 타인의 감정을 살폈다면, 이제는 타인의 감정 자체를 바라볼 수 있었다.

감정 돌봄을 하면서 나는 남편과의 관계에서 많은 변화를 느꼈다. 나의 남편은 불안할 때면 그 감정을 마주하기 싫어하고, 짜증을 내며 이야기를 피하려는 경향이 있다. 그러다 보면 나도 화가 나 싸움으로 번지곤 했다. 감정을 마주하는 것이 필요하다고 느꼈기 때문에 상대도 그래야 한다고 생각했다. 하지만 남편은 원하지 않아 해 답답한 마음이 들었다. 그런 나의 마음을 들여다보니 남편의 짜증을 줄이고 싶은 조급함이 있었다. 그의 속도를 존중하지 못했다는 생각이 들었다.

그가 피하고자 했을 이유가 있으리라 생각하며 답답함보다 호기심을 가지기 시작했다. 천천히 자연스럽게 그의 마음에 다가가

고자 노력했다. 친절하고 차분하게 관심을 보이자 남편도 조금씩 이야기하기 시작했다. 남편의 말을 들어보니, 자신이 해결할 수 없는 상황이 될까 불안해하고 있었다.

예를 들어 남편은 내가 차도 쪽으로 걸으면 짜증을 내며 안쪽으로 오라고 한다. 나는 왜 짜증을 내는지 묻지만, 남편은 위험하다고만 할 뿐 말을 하지 않는다. 그러면 나도 기분이 상하고 다툼이 시작된다. 남편의 마음을 들여다보니 내가 다치는 상황이 생기면 자신이 해결할 수 없다는 두려움이 있었다. 그 마음의 역사를 따라가 보았다. 엄한 아버지 밑에서 자라면서 예측할 수 없는 불안한 상황이 많았다고 했다. 통제할 수 있다고 느낄 때 안심할 수밖에 없었다.

남편의 한마디 한마디를 듣고 그럴 수 있겠다고 인정해 주었다. 그러면서 남편에 대해 이해할 수 있었고, 남편 역시 자신을 이해할 수 있었다. 남편은 점차 비슷한 상황에서 짜증을 줄이고자 노력했다. 마음이 차분해지면 자연스럽게 대화를 나눴다. 그런 시간을 가지면서 우리는 감정과도 가까워졌을 뿐 아니라 서로 더 친밀해질 수 있었다.

일상에서의 변화가 일어나면서 상담자로서도 한 뼘 성장할 수 있었는데, 내담자를 바라보는 시야가 넓어졌기 때문이다. 상담에서 상담사는 스스로가 도구다. 그렇기에 자신의 감정과 생각, 가치관, 태도를 잘 알아차리고 그것이 내담자에게 어떤 영향을 미칠

지 아는 것이 중요하다.

내담자의 이야기를 경청하고 어떻게 개입할까 고민을 하던 어느 날, 수퍼비전을 받으면서 나 자신의 감정은 놓치고 있다는 사실을 깨닫게 되었다. 수퍼비전은 상급자인 상담사에게 상담의 진행 과정에 대해 공유하고 방향을 지도받는 것이다. 나는 상담자로서 해결하고 싶은 마음에 조급함을 느끼고 내담자를 온전히 보지 못했다는 걸 깨달았다. 그 마음을 알아차리고 나자 조금 더 편안하게 상담장면에 머무를 수 있었다. 내담자의 말에 온전히 귀 기울이면서 더 깊이 공감할 수 있었다.

감정을 알아차리고 표현하면 내담자에게 모델링이 되기도 하고, 변화를 이끄는 계기가 되기도 한다. 상담에서는 내담자뿐 아니라 상담자도 필요하다면 감정을 표현한다. 이를 통해 내담자가 감정표현을 배울 수 있고, 상담자의 진솔한 태도를 통해 더 신뢰하게 되기도 한다.

청소년 상담을 할 때, 다른 사람의 이야기는 듣지 않고 자신의 이야기만 늘어놓는 학생이 있었다. 상대의 이야기를 끊어버리거나 지적해 친구들과 잘 지내는 것이 어려운 친구였다. 그런 태도는 상담에서도 이어졌다. 상담자인 나의 말을 경청하지 않고, 질문에는 다른 대답만 하며 말을 돌렸다. 어느 날, 그가 나의 말을 듣지 않을 때, 그의 눈을 바라보며 진지하게 말했다.

"S야, S가 선생님이 하는 말은 들어주지 않고, 만날 때마다 S가하고 싶은 말만 반복하는 것 같아. 그럴 때 선생님 마음이 어떨 것 같아? 지금 선생님 표정이 어때 보여?"

그 순간 S의 눈빛이 살짝 흔들렸다. 그러더니 이내 "슬퍼 보여 요"라며 작게 말했다. 나는 S의 말을 듣고, "그래, S가 선생님 이야 기는 들어주지 않으니까 슬펐어"라고 대답해주었다. 말뿐 아니라 눈빛과 표정, 목소리로 감정이 전달되었고, S는 진심으로 미안한 마음을 느끼는 듯했다. 잘 듣는 것이 중요하다고 여러 번 들었지 만, 그렇지 않아서 타인이 느끼는 감정이 전달되자 더 마음에 와 닿은 것이다.

"상담자에게는 모든 경험이 스펙이 된다"라고 하셨던 상담 선생 님의 말씀이 기억에 남는다. 당시에는 아프고 고통스럽지만, 그때 느낀 감정을 통해 누군가를 더욱 깊이 이해할 수 있다. 이는 비단 상담사에게만 해당하는 것은 아닐 것이다.

감정은 나의 삶을 더 풍요롭게 만들어 주었다. 나와 다른 사람 을 더 이해하게 하고, 삶에서 일어나는 일들을 받아들이는 용기 를 갖게 해주었다. 관객이 아닌 주연으로 삶이라는 무대 위를 누 비게 해주었다. 감정의 파도에 올라서니 삶이 달리 보이기 시작했 다. 감정은 진정한 삶이 무엇인지 알려 준 고마운 존재다.

당신의 감정은 안녕하십니까

정미정

"지금 편안하신가요?"

상담실에서 만나는 부모님들의 이야기 속에서 저는 종종 과거와 현재의 제 모습을 발견합니다. 매월 5~7회의 육아 상담을 진행하면서, 부모님들의 어린 시절 이야기를 경청할 때마다 마치 오래된 앨범 속 빛바랜 사진을 보는 듯한 느낌이 듭니다. 상담자이자 두 아이의 엄마로서, 자연스럽게 두 개의 시선으로 그들의 이야기를 경청하게 됩니다.

다섯 살 아이를 둔 어머님이 상담실을 찾아오셨습니다.
"아이가 마트 장난감 매장앞에서 울며 떼를 쓰는데요, 그때마다 제가 화를 내고 말아요. 그리고 나면 죄책감에 가슴이 무거워져요."

어머님의 말씀을 들으며, 제 아이가 어렸을 때의 기억이 떠올랐습니다. 마트 장난감 코너에서 울며 떼쓰던 아이를 다그쳤던 순간들, 그 후에 밀려오던 후회와 자책의 시간들이 생생했습니다.

기억에 남는 사례가 있습니다. 최근에는 일곱 살 자녀를 둔 아버님과의 상담이 있었습니다. "아이가 학원에서 친구와 다툰 일을 선생님께 거짓말로 둘러댔어요. 어떻게 하면 아이가 정직하게 자랄 수 있을까요?" 상담이 진행되면서 어린 시절로 돌아가 보는 질문들과 느낌들을 떠올리게 됩니다. 실수가 두려워 거짓말로 숨기기 바빴던 경험들을 공감하는 마음으로 바라보게 되는 지점을 만나면서 아이의 상황과 감정들에 대해서 좀 더 유연해지는 순간들을 경험하게 됩니다. "아, 제가 그랬던 것처럼 우리 아이도 두려워서 그랬을 거 같네요"라고 자신의 경험들과 아이의 경험이 겹치면서 좀 더 자녀를 공감하는 순간을 만나게 되지요.

세 살배기 아들의 발달을 걱정하여 찾아오신 어머님께서는 발달검사 체크리스트의 모든 항목을 '부족함'으로 표시하셨습니다. 그러나 실제 관찰에서 아이는 또래와 비슷한 발달 수준을 보였습니다. 놀이관찰 시간에 어머님은 끊임없이 아이의 행동을 이끌려 하셨습니다. "여기 봐봐, 이거 해볼까?" "저기 봐봐, 저게 더 재미있지 않을까?" 결국 아이는 짜증을 내며 어머님에게서 멀어졌습니다. 서로의 눈높이가 맞지 않고 있는 것이 보이는 장면이었지요.

상담 과정에서 부모님들의 변화는 놀랍습니다. 처음에는 "아이를 어떻게 고쳐야 할까요?"라고 물으시던 분들이, 점차 다른 질문을 하기 시작합니다. "제가 왜 그렇게 조급했을까요?" "아이의 마음을 이해하지 못했네요", "이제는 아이가 떼를 쓸 때, 먼저 안아주며 '많이 갖고 싶었구나' 하고 공감해주거나 일정 시간을 기다려줍니다. 신기하게도 아이가 금방 진정되더라고요."

매일 아침, 따뜻한 물을 마시면서 거울 앞에서 질문을 던집니다. '오늘 네 마음은 편안하니?' '지금 느끼는 이 감정의 근원은 무엇일까?' '혹시 누군가를 탓하고 있진 않니?'

이러한 자문자답은 제가 상담자로서, 두 아이의 엄마로서 중심을 잡는 데 도움이 됩니다.

얼마 전, 마지막 상담을 마치신 어머님께서 이런 말씀을 하셨습니다. "처음에는 아이의 문제를 해결하러 왔는데, 알고 보니 제가 치유되는 시간이었네요." 그날 저녁, 상담일지에 이렇게 적었습니다. '우리는 모두 서로의 거울이다. 내담자의 이야기 속에서 나를 발견하고, 그들의 성장 속에서 나도 함께 자란다.'

'100세 시대'라는 말이 무색하지 않게, 우리의 삶은 점점 길어지고 있습니다. 하지만 단순히 수명이 연장되는 것보다 중요한 것은, 그 시간을 얼마나 의미 있게 채워가느냐입니다. 매일의 작은 성장과 깨달음이 모여 스스로를 더 건강한 존재로 만들어갑니다.

화장실 거울, 현관 신발장 앞 거울, 버스 유리창에 비친 모습을 볼 때마다 따뜻한 미소를 지어봅니다. 그 미소가 마치 부메랑처럼 돌아와 제게 더 큰 위로가 되는 것을 느낍니다.

상담실을 찾아오시는 분들께 진심을 담아 말씀드립니다. "정말 용기 있는 선택을 하셨습니다." 변화를 위한 첫걸음을 내딛는 것은 마치 어두운 터널 속에서 작은 불빛을 발견하는 것과 같습니다. 그 용기 있는 한 걸음이 우리를 더 나은 내일로 이끌어줄 것입니다.

인간은 불완전한 존재라고 말하지요. 하지만 그 불완전함 속에서도 매일 조금씩 성장하고 있다는 사실을 인식하는 것이 더 중요한 것 같습니다. 때로는 실수하고, 후회하더라도, 모든 순간이 우리를 더 깊이 있는 존재로 만들어갑니다. 상담실에서 만나는 한 분 한 분의 이야기가 모두 소중한 이유라고 생각됩니다. 오늘도 누군가의 이야기에 귀 기울이며, 그들의 용기에 깊은 존경을 표합니다. 그리고 이야기 속에서 발견하는 작은 희망의 빛을 소중히 간직하며, 내일도 다시 상담장면을 마주하게 됩니다.

함께 성장해 가는 여정을 계속해나가기를 소망합니다. 완벽하지 않아도 괜찮습니다. 지금 이 순간, 우리는 충분히 아름답습니다.

상담자, 당신의 감정은 안녕하십니까

주순영

수많은 길 중에서 상담자의 길을 걸었다. 늦게 출발한 만큼 완전하진 않다. 현명함의 시작은 우리의 불완전함을 인정하는 것에서부터 비롯된다는 말이 있다. 길을 걷는 동안 보람과 좌절, 만남과 이별의 순간은 내 삶의 소중한 조각들이다. 인간관계로 흔들리는 감정을 다스리며 조금씩 더 단단해졌다. 길을 걷다 보면 때로는 돌부리에 걸려 넘어지기도 한다.

상담자도 솔직히 마음이 더 가는 내담자가 있다. 반면 오지 않음으로써 더 편안함을 느끼는 내담자도 있다. 후자의 경우 환경이나 남을 탓하고 원망하는 사람이다. 특히 자기주장만 내세우는 이기적인 사람은 변화 의지가 없는 사람이다.

2003년 청소년상담을 시작으로 2023년까지 대면상담을 했었다. 2024년부터는 비대면인 전화상담을 하고 있다. 전화상담은 내담자 입장에서 더 편안하게 느낄 수도 있다. 하지만 상담자는 비언어적인 내담자의 상태를 확인하기 어렵다. 목소리의 높낮이, 말의 속도로 가늠하게 된다. 또한, 비대면 상담의 큰 어려움 중 하나는 내담자가 상담자를 감정 쓰레기통처럼 대할 때가 있다. 얼굴이 보이지 않는다고 '아줌마'라고 조롱하고 비하하는 말을 들었다. 처음에는 무척 당혹스러웠다. 상담자로서 아니 인간으로서 존중받지 못한다는 생각으로 자괴감을 들기도 했다.

최근에 전화상담에서 있었던 일이다. 직장에서 후배가 진급이 누락되었다고 한다. 후배는 평소 체력단련을 잘했는데 부정한 방법으로 했다고 하여 징계 처리가 되었다고 했다. 이건 부당하다며 발끈했다. 아마도 자신이 겪은 일인데 말하기가 불편하여 후배에 빗대어 이야기한 듯했다.

"그런 일을 당해서 마음이 많이 상했겠네요"

라고 공감을 했다. 하지만 내담자는 상담자의 반응에 오히려 화를 냈다.

"그게 무슨 상담이냐. 상담사 자격이 없다. 그 자리에 있지 말라" 등 소리를 지르며 분노를 쏟아냈다. 나는 어리둥절했다. '왜 이 사람은 막무가내로 소리를 지르고 화를 낼까. 무엇을 바라는 것일까.' 감정이 부글거렸다. 얼굴 없는 상담이라고 아무 말이나 하는 것 같았다. 대응할수록 내 존재 가치가 부정당하는 느낌이 들었다.

"상담에서 원하시는 게 뭐예요?"

물어도 아랑곳하지 않았다.

"당신 이름이 뭐냐", "높은 사람 바꿔라" 등.

대면상담에서 경험해 본 적이 없는 일이었다. 같이 화를 낼 수도 없다. 그렇다고 일방적으로 끊어버리지도 못한다. 처음 겪는 일로 상담자 인권보호 멘트를 사용하지도 못했다. 나중에 알았다. 인권보호를 위한 대응방법이 있었다.

"폭언이나 비하 발언을 계속하시면 정상적인 상담이 어렵습니다."

세 차례 경고 후 전화를 끊는다고 한다.

그런 일 후 한동안 전화상담에 심리적 두려움을 느꼈다. 대면상담은 표정이나 비언어적인 행동이 노출된다. 오해가 있어도 예의를 차리게 된다. 전화상담은 얼굴이 보지 않는다 하여 무례한 내담자로 인해 감정노동이 심각하다는 것을 직접 경험하면서 이해하게 되었다. 이런 부류의 사람은 대체로 자존감이 낮고 이기적인 사람일 것이다. 그리고 약자에게 함부로 하는 비겁한 사람이다. 일상에서도 남을 탓하고 감정조절이 어려운 사람치고 성공한 사람은 없다.

이런 사람으로 인해 감정이 요동치다가도

'이 사람 참 불쌍한 사람이구나!'

연민의 마음이 들었다. 자신에게 일어나는 대부분의 일은 자기가 원인이 된다. 모든 것은 자기 책임이다. 자기를 돌아보고 원인을 찾을 때 사람은 발전하고 성장한다. 삶의 과정에서 찾아오는 좌절이 성장의 디딤돌이 되기도 한다. 전화상담은 어떤 내담자인지 미리 알 수 없다. 불특정 다수에게 오기 때문에 상담자는 매시간 긴장하게 된다. 분노를 조절하지 못하고 소리부터 지르는 사람이 있다. 그럴 때면, 그들의 감정에 휘말려 들지 않으려고 한다.

'남 탓하러 왔구나!'

하면서 감정적 에너지 소모를 최소화하려 노력한다.

장병 대면상담에서 일이다. 고등학교를 갓 졸업하고 오거나, 대학교 1, 2학년을 마친 후 휴학하고 입대하는 친구들이 대부분이다. 사람은 환경을 바뀌면 익숙해질 때까지 스트레스를 받는다. 익숙함은 안정감을 주기 때문이다. 그런데 내 의지와 상관없이 억지로 끌려 나왔다고 생각하면 견디기가 더 고통스럽다. 장병 대면상담에서 자주 듣는 말이 있다.

"군대에 끌려와서 내가 왜 여기에 있어야 하냐고요."

젊음을 빼앗긴 억울함을 항의하는 친구에게는 어떤 말도 위로가 되지 않는다. 그저 억울한 마음을 수용하고 공감해 줄 뿐이다. 그들의 지금의 감정을 수용해 주고 공감하면서 스스로 이겨내도록 돕는다. 그들은 고충을 진심으로 경청하고 수용적인 상담자의 태도에 위로가 된다고 말했다. 때로는 시간이 지나면 환경에 익숙해지면서 심리적으로 안정을 찾아간다. 사회와 단절된 군대 환경에 조금씩 적응해 가는 것이다. 그리고 전역할 무렵이 되면 정신적으로 성숙한 그들은 마주하며 희망을 본다. 상담자의 마음도 웃음과 뿌듯함이 밀려온다.

처음 상담자의 길로 들어섰을 때 청소년 상담센터에서 만난 오랜 지기가 있다. 그 친구는 나를 체계적으로 상담공부를 하도록 안내해 주었다. 또한 나를 있는 그대로 수용해 주고 지지해 주었다. 청소년기 정서적으로 결핍된 나를 지지하고 공감해 주었기에 나라는 존재는 피어나기 시작했다. 친구와 같은 상담자가 되기 위해 노력했었다. 사랑은 받은 만큼 줄 수 있다고 하지 않던가. 친구는 내게 신이 보내 준 특별한 선물이다. 나도 상담자로서 삶의 어두운 길목에서 길을 잃은 누군가에게 어둠을 밝혀주는 친구가 되고자 했다. 신이 내게 준 달란트를 필요한 누군가에게 아낌없이 주는 좋은 나무이고 싶다.

나를 이해하자, 삶이 나를 안아주었다

한원건

한때 나는 감정에 휘둘리며 살았다. 나도 모르게 불쑥 올라오는 감정이 불편했다. 어떻게 해야 할지 몰라 감정에 휩쓸려 충동적으로 선택했다. 충동적인 선택들이 계속 쌓이다 보니 혼란스러웠다. 그리고 길을 잃은 것 같았다. 내가 바라고 원하던 삶과는 너무나 달랐다. 과거 잘못된 선택이나 실수를 곱씹으며 끝없이 자책하고 비난했다. 상담사가 된 후 내담자를 만날 때도 '나는 부족한 상담사'라는 생각으로 괴로웠다. 완벽한 상담사가 되어야 한다는 강박 속에서 살았다. 감정적으로 흔들리는 스스로가 부끄러웠다. 그리고 감정을 통제하지 못하는 나를 자책했다. 때로는 감정을 부정하기도 했다.

감정과 관련된 문제를 외면했고, 아무렇지 않은 척 살았다. 그러나 상담실에서 만나는 내담자에게는 감정을 인정하고 받아들이기를 권유했다. 상담 중 감정에 관한 이야기가 나오면 혼란스러웠다. 그러다 보니 나의 반응은 항상 모호했다. 모호한 부분을 내담자가 되물을 때면 난감했다. 이런 상황이 반복되면 내담자는 상담에 오지 않았다. 상담사로 일하면서 깨닫게 되었다. 감정을 이해하고 수용하지 않는다면 감정에 대해 혼란스러움을 느끼거나 부정할 수밖에 없다는 것을. 이런 태도는 내 삶과 상담에도 영향을 미쳤다. 감정을 이해하고 수용하고 싶었다. 감정에 관한 공부를 시작했고, 감정을 수용하기 위해 상담을 받았다. 감정을 이해하고 수용한다는 것은 단순히 감정을 다루는 기술을 배우는 것이 아니었다. 결국, 나를 이해하고 수용하는 과정이었다. 감정을 이해하자 과거의 나를 인정하게 되었다. 감정을 수용하기 전 과거 실수가 떠오를 때면 너무나 괴로웠다. 실수와 관련된 후회와 수치심에 휩싸여 나를 과도하게 비난했다. 감정을 이해하게 되면서 무엇 때문에 그런 선택을 했는지 이해하게 되었다. 그렇게 과거의 나를 용서할 수 있었고, 후회로부터 자유로워졌다. 불현듯 과거의 실수들이 떠오를 때면 그 순간을 살아오기 위해 애를 쓴 나에게도 자비를 베풀기 위해 노력한다. 비난이 아닌 '그때 그건 내가 할 수 있는 최선의 선택이었어'라는 연민의 메시지를 나에게 이야기할 수 있게 되자 수치심과 열등감으로부터도 자유로워졌다.

감정과 나에 대한 이해가 깊어지자 여러 변화가 찾아왔다. 가장 눈에 띄는 변화는 직장에서 나타났다. 이제는 직장에서 경험하는 불편한 감정으로부터 도망치지 않는다. 과거 직장에서 원치 않는 양보로 인해 억울함을 느꼈던 경험이 많았다. 그리고 대인관계 시 불편함을 표현하지 못해 괴로워했다. 그래서 도망치듯이 관계를 끊었다. 감정을 억압하다 참지 못하고 충동적으로 퇴사를 반복했다. 하지만 감정의 역할과 기능에 대해 이해하고 난 후 불편함과 욕구를 솔직하게 표현한다. 덕분에 직장에서 의사소통이 명확해졌다. 그리고 감정을 쌓아두지 않고 관계와 업무를 조율하는 여유가 생겼다. 직장 생활이 편안해졌고, 갈등도 줄어들었다.

두 번째 큰 변화는 대인관계에서 나타났다. 감정을 인정하고 솔직하게 표현할 수 있게 되면서 관계의 질도 달라졌다. 그러자 관계의 질이 달라졌다. 과거 많은 사람과 좋은 관계를 유지해야 한다는 생각을 했다. 그러다 보니 내 욕구와 감정은 항상 뒷전이었다. 많은 친구가 있었지만 외로웠다. 감정과 나에 대한 이해가 늘자, 친구와 조금씩 감정에 대해 이야기하기 시작했다. 좋은 감정이든 나쁜 감정이든 편안하게 서로 이야기할 수 있는 진솔한 대인관계를 경험했다. 그래서 더는 피상적인 관계를 유지하기 위해 애쓰지 않는다. 진정으로 나를 존중하고 이해해 주는 친구와 더욱 친밀해졌다. 친구 숫자는 줄었지만, 오히려 대인관계는 더욱 만족스럽다.

세 번째 변화는 가족관계에서 나타났다. 감정과 욕구에 솔직해지면서 아내와 대화가 원활해졌다. 과거 서로 불만이나 불편한 감정이 쌓여 폭발하듯이 표현했다. 때로는 감정을 속으로 삭이며 대화를 피했다. 억압된 감정은 나도 모르게 언어와 행동으로 나타나 갈등 상황을 만들었다. 부부 사이의 갈등은 서로를 지치게 했다. 변화의 필요성을 느낀 우리는 어색하지만 진솔하게 감정을 표현하기 시작했다. 감정을 솔직하게 공유하고 표현하면서 갈등이 현저하게 줄었다. 시간이 지나면서 감정 표현이 두렵거나 어색하지 않았다. 부부 관계는 더욱 깊어졌고, 서로를 이해하는 폭도 넓어졌다. 자연스럽게 감정을 주고받는 과정에서 서로에 대한 신뢰가 더욱 깊어졌다. 지금은 서로의 든든한 지원자가 되었다.

네 번째 변화는 아이를 대하는 모습에서 나타났다. 과거 아이가 감정을 표현할 때, 당황하거나 어떻게 반응해야 할지 몰랐다. 그래서 아이가 짜증을 내거나 떼를 쓰면 어떻게든 빨리 달래거나 문제를 해결해 주어야 한다고 생각했다. 지금은 자녀가 화를 내거나 떼를 쓸 때 감정적으로 반응하지 않는다. 아이의 감정을 존중한다. 아이가 느끼는 감정이 무엇인지 물어보고 공감하려고 한다. 그러다 보니 아이의 마음을 이해하게 되었다. 그리고 공감이 훨씬 자연스러워졌다. 아이에게 진정으로 필요한 것이 무엇인지를 알게 되었다. 나아가 아이에게 스스로 해결할 기회와 시산을 줄 수 있게 되었다. 아이도 자신의 불편한 감정을 잘 수용하고, 문제해결력이 늘어난 모습을 보인다. 이뿐만 아니라 육아 시 조금 더 너그러워지고, 안정감을 줄 수 있는 부모가 되고 있다.

다섯 번째 변화는 상담에서 나타났다. 감정과 나에 대한 이해가 깊어지자 상담에서 감정에 관해 이야기하는 게 자연스럽다. 그리고 감정을 활용하면 상담의 깊이와 질이 달라질 수 있음을 알게 되었다. 그래서 상담 시 내담자의 이야기 속 자연스럽게 떠오르는 감정을 도구로 활용한다. 감정을 활용하면 내담자와 관계 형성도 원활하고, 자신에 대한 이해도 깊어짐을 경험하고 있다. 이런 변화를 보면서 감정이 상담의 흐름을 돕는 중요한 신호임을 알게 되었다. 그리고 치유를 돕는 자원이라는 것도 알게 되었다. 특히 감정을 활용하는 것은 현재 일하고 있는 군에서도 유용하고 효과적임을 경험하고 있다. 간부 대상 교육이나 집단상담 시 나부터 감정을 진솔하게 표현하려고 노력한다. 그러다 보면 무거운 분위기도 풀어지고, 반응이 효과적으로 이끌어지기도 한다. 그리고 때로는 나보다 더 진솔하게 감정과 자신을 표현하는 간부도 있다. 그래서 더 적극적으로 상담이나 교육에서 감정을 활용하고 있다.

여섯 번째 변화는 나에게 나타났다. 감정과 나에 대해 이해가 깊어지자 나를 진정으로 신뢰하게 되었다. 감정에 대해 솔직해지자 진정으로 무엇을 원하는지 알게 되었다. 그러나 나를 알아가는 과정이 편하지만은 않았다. 그동안 억압된 감정으로 보지 못하던 미해결된 과제를 마주했다. 고통스러웠고 스스로 이상하게 느껴졌다. 감정과 나에 대한 이해가 깊어지자 잦은 퇴사와 대인관계의 미숙함을 인정하고 이해할 수 있게 되었다. 감정을 억누르는 에너지가 줄어들자 소진감과 피로감이 줄었다. 감정이 느껴질 때면 감정이 나에게 전하는 메시지에 귀를 기울인다. 이런 시간과 노력이 쌓이다 보니 경험하고 선택하는 것에 대해 자신감과 확신이 생겼다. 돌아보면 감정을 이해하고 돌보는 것은 나를 있는 그대로 받아들이고, 삶을 주체적으로 살아가는 힘을 기르는 과정이었다. 감정을 통해 나를 이해하자 과거의 상처에 더는 흔들리지 않는다. 이런 변화는 단순히 나에게만 머무르는 것이 아니었다. 내 소중한 삶 전체와 주변 사람들에게도 긍정적인 영향을 주고 있다.

오늘도 감정을 통해 나를 이해하며 수용하는 과정에 살고 있다. 우리 삶은 오묘하고, 때로는 복잡하고 어렵다. 그렇지만 확실한 건 누구나 감정을 느낀다. 그리고 감정을 있는 그대로 받아들이는 것은 가장 나다운 삶을 살아가는 길이다. 감정을 수용할 때 우리의 삶은 더 단단해진다. 그리고 더 자유로워진다. 그렇게 나를 이해할수록, 삶도 나를 더 따뜻하게 안아준다.

· 마치는 글 ·

☺ 강명경

감정과의 동행은 저를 연민의 마음으로 이해하고 사랑하게 해
준 시간입니다. 감정을 억누르며 숨기는 대신 포용하여 함께 살아
가는 법을 배우니, 비로소 나다운 모습과 조우할 수 있었습니다.
삶이 한결 부드럽고 따뜻해집니다. 단순한 내면의 움직임을 넘어
삶의 흐름도 변화합니다. 감정을 수용하고 품어주는 일은 더욱
단단하고 온전하게 만들어주는 것 같습니다. 이 글이 누군가에게
스스로를 따뜻하게 안아줄 용기를 가질 수 있는 계기가 되길 바
랍니다.

☺ 김신미

감정을 글로 풀어내는 시간은 내면을 깊이 들여다보는 과정이었다. 자신을 첫 번째 독자로 삼아 글을 읽고 다듬으며, 드러내기를 망설이는 내면의 저항과 마주했다. 그러나 그 저항을 견디며 글을 완성해 가는 일이 곧 나를 이해하는 여정임을 깨달았다. 감정을 온전히 마주하고 글로 표현하는 과정에서, 타인의 마음에도 한 걸음 더 가까이 다가갈 수 있었다. 심리상담사로서, 치유의 시작은 언제나 자기 성찰에서 비롯됨을 다시금 되새긴다. 이제 한층 더 단단해진 시선으로, 새로운 이야기를 향해 나아가고 싶다.

☺ 박선영

두 번은 없다. 아니다. 네 번이 남았고, 앞으로 몇 번 더 쓸지 모른다. 글쓰기, 안 쓰고 답답하니 쓰는 괴로움이 좋지 아니한가.

좋아하는 후배인 소슬이 선생님은 내게 '흥선대원군 같은'이라는 별명을 하사했다. 인정한다. 그럼에도 독서와 글쓰기는 나를 변하게 한다. 이런 사랑 같은 일이라니.

☺ 소유

"내 감정과 친해지기로 했습니다"라는 주제를 접하고, 하고 싶은 이야기가 정말 많이 떠올랐지만, 막상 적으려니 조심스럽다. 누군가에게 상처를 주지 않을지 걱정스러운 마음이 든다. 감정을, 어떤 사람은 아주 잘 느끼고 표현한다. 하지만, 나는 사십 대 후반이 되어서야 나의 감정을 알게 됐다. 고통스럽기도 했지만, 무엇에서 비롯된 것인지 알게 되면서 상처를 치유할 수 있었다. 감정을 알게 되면, 통제할 수도 있다. 그것은 세상과 잘 어우러지는 경험을 할 수 있게 해준다. 오늘도 내 감정과 친하게 지낸다.

☺ 이수현

감정을 통해 진정한 나 자신을 만나게 되었다. 감정을 만나는 건 서핑을 배우는 것과 같다. 밀려오는 감정의 파도 앞에 우리는 두려움을 느끼고, 잠잠하기만을 바란다. 그러나 바람과 중력에 의해 파도가 치는 것이 자연스럽듯이, 우리 마음에 감정이 찾아오는 것도 자연스럽다. 높은 파도가 오면 올라타 자유를 누리는 서퍼처럼, 감정을 이해하고 받아들일 때 나답게 사는 기쁨을 느낄 수 있다. 감정의 파도에 올라타 한층 더 멋진 풍경을 내다볼 날들을 기대해 본다.

☺ 정미정

바쁜 일상 속 에세이를 쓰는 동안 가족들의 따뜻한 응원이 큰 힘이 되었다. 딸들의 관심 어린 물음, 남편의 격려, 어머니의 응원이 글쓰기 여정을 지지해 주었다. 글쓰기는 제 삶을 돌아보고 상담 경험과 개인적 이야기가 어우러지는 의미 있는 과정이었다. 완벽하지 않았지만 아름다웠던 삶의 순간들을 되돌아보는 자각의 시간이었다. 글을 쓰는 동안은 나를 향한 위로이자 축복이며, 응원해준 가족들에게 깊은 감사와 사랑을 전하고 싶다.

☺ 주순영

자신의 감정과 마주한다는 것은 솔직한 나와 만나는 것이다. 그것을 글로 누군가에게 보여준다는 것은 부끄러운 속살을 드러낸 듯 민망하다. 감정과 마주하는 용기와 성장이 필요할 때 부족하나마 작은 도움이 되기를 바란다. 사람은 성장할 때 에너지가 충만하다. 자기다움으로 살 때 자존감이 회복되고 단단해진다. 화려한 꽃은 아닐지라도 자신만의 향기로 진심인 삶을 가꾸어보자.

☺ 한원건

때로는 감정을 느끼는 것조차 버겁게 느껴질 때가 있다. 슬픔은 너무 무겁고, 불안은 가슴을 조여오고, 외로움은 끝이 없을 것만 같다. 그래서 우리는 감정을 밀어내고, 무시하며 살아간다. 하지만 감정은 아껴주고 돌봐야 할 나의 일부다. 감정을 이해하고 받아들이는 순간 오히려 나를 지키는 힘이 된다는 걸 알게 된다. 감정을 있는 그대로 안아줄 때, 삶은 더 평온하고 따뜻해진다. 당신의 감정을 믿고, 함께해도 괜찮다. 감정이야말로 진짜 나로 살게 하는 소중한 길잡이다.

이수현

따뜻한 시선으로, 있는 그대로의 모습을 바라보기를 지향한다. 미국 버지니아주에서 임상정신건강상담을 공부하고, 대학 학생상담센터와 청소년 상담복지센터에서 근무했다. 온라인 플랫폼과 공공기관에서 상담사로 활동하고 있다.

블로그 blog.naver.com/howlovelyuare

정미정

서양화를 전공한 예술대학을 졸업한 후 미술심리사 자격을 취득하였다. 자녀 양육 과정에서의 고민과 자기 성찰을 바탕으로 40대에 상담심리학 학사 과정을 마쳤으며, 이후 상담 및 임상심리학 석사 학위를 취득하고 임상 및 상담심리학 박사과정을 수료하였다. 현재는 아이의 특성을 이해하고, 부모가 보다 적절한 양육 방법을 찾을 수 있도록 돕는 데 중점을 두며 영유아 발달 평가 전문가로 활동 중이다.

주순영

2002년 청소년상담사 국가자격증 취득하고 2003년부터 2011년까지 청소년상담센터에서 상담하였다. 2012년부터 국군장병 상담기관에서 병영생활전문상담관으로 근무하고 있다. 꾸준한 상담수련과 독서, 다양한 현장 경험을 통해 사람 중심의 진정한 상담자로 꾸준히 성장을 추구하였다.

한원건

군과 정신건강의학과, 아동보호전문기관에서 활동하고 있는 심리학자다. 내담자의 자기실현 경향성을 믿으며 함께 성장하는 상담을 지향한다. 중독재활상담학 석사 졸업 후 심리학(임상 및 상담심리) 박사과정을 수료하였다. 저서로는 『은둔형 외톨이-가족, 사회, 자신을 위한 희망 안내서』가 있다.

블로그 blog.naver.com/gks316

감정을 피하지 않고 솔직하게 마주할 때, 비로소 치유와 회복의 여정이 시작된다!

상담실 안의 전문가 8인이 털어놓은 다정하고 현실적인 감정 사용 설명서

감정이란, 때로는 우리의 삶을 뒤흔드는 파도처럼 몰아치지만, 어쩌면 우리를 더 깊이 이해하고 다정해지는 길로 이끄는 지도일지도 모른다.

『내 감정과 친해지기로 했습니다』는 각자의 자리에서 사람들의 이야기를 듣고 보듬어온 심리상담사 8명이 자신의 감정을 솔직하게 마주하고 일상의 언어로 풀어낸 솔직하고 다정한 기록이다. 불안, 두려움, 상실, 억눌림, 그리고 치유에 이르기까지, 누구에게나 익숙하지만 제대로 마주하지 못했던 감정들과의 대화를 글로 들여다보며, 독자 또한 스스로의 감정을 마주하는 여정을 걷게 된다.

문득 스쳐 간 말 한마디, 오래된 상처, 말하지 못한 감정들… 그 모든 것이 이 책 안에서는 온기를 지닌 목소리로 되살아난다.

감정은 더 이상 숨기고 감춰야 할 대상이 아닌, 함께 살아가야 할 내 편이라는 것을 천천히 알려주는 이야기들이다.

이 책은 다섯 개의 장을 통해 감정이 우리 삶에 어떤 파장을 일으키고, 어떻게 스며드는지를 보여준다. 글 속에서 독자는 상담사이기 이전에 하나의 사람으로서 흔들리고, 고민하고, 성장해가는 저자들의 여정을 따라가며, 어느새 자신을 돌아보게 될 것이다.

이 책을 통해 당신의 감정 또한 "안녕"하길 바라며, 다정한 봄 햇살처럼 따뜻한 위로와 이해를 건넨다.

값 16,800원
www.book.co.kr
ISBN 979-11-7224-606-8 03810